蒼山 螢

永遠を生きる皇帝の専属絵師になりました

実業之日本社

実業之日本社文庫

その昔。羅賀《らが》国に願いを叶《かな》える一族がいた。

右腕は肘から先がない。不思議と痛みは感じなかった。左腕しか動かず、右足はどうやら折れている。左足も腱《けん》を切られたようでどうしようもない。

やっと城から逃れてきたというのに、もうこれ以上は動けない。刃栄《じんえい》はゆっくりと振り返った。追手の気配はなかった。羅賀城を囲む森の中は昼なお暗い。ここなら暫《しばら》くは見つからない。辛うじて動く左腕には、尊い命を抱いている。その灯はいまにも消えようとしている。

「圭樹様《けいじゅ》」

呼びかけたつもりだったが声が出ない。肺に入った血のせいでゴボゴボと喉を鳴らすだけだった。

羅賀の皇帝陛下。圭樹様。私の主《あるじ》よ、どうか目を覚ましてください。

雨と血に濡《ぬ》れそぼつ皇帝の衣をはだけさせる。

数時間前まで天に輝く太陽のように生命力に溢《あふ》れていたのに、いまや肌は故郷の砂浜に似た色をして、呼吸も感じられない。

大切な命が、私の生きる理由が、指のあいだから零《こぼ》れていきそうだ。掬《すく》ってやらないと消えてしまう。失《な》くしてしまう。

死なせない。私の大切な主だ。生かすためならばどんな犠牲も払う。この命さえ惜しくはない。

あなたは私の唯一の友であり、私はあなただけの絵師。大丈夫、ひとりにはしません。

これが最期の仕事だ。

刃栄は懐から筆を取り出し、先がない右腕から滴る血に浸す。出血が酷《ひど》く、この体ももう長くはもたない。

裏切りの槍《やり》が胸の真ん中に突き刺さる体に、刃栄は願いを描く。利き腕ではない左手で。

そして祈った。
叶えたまえ、この願いを叶えたまえ。
わが命を天地万物の贄とし、叶えたまえ。

千年の命を

目次

第一章

始《はじめ》

足で舵《かじ》を操りながら、朱麗《しゅれい》は腰に佩《は》いた剣に手をかけた。

漆黒の髪が風に靡《なび》き、一見《いっけん》男のような姿が日の光とともに水面《みなも》に映る。

顔を覆う布を下ろして目を凝らすと、麗らかな日差しとは裏腹に緊迫感に包まれる。緑豊かな領地を縫う大河に浮かぶ船は二艘《そう》。人数は十といったところだろうか。

親玉はどいつだ。このまま賊に村を襲わせるわけにはいかない。

数日前、一族の若者がひとり都へ向かう途中に殺され、荷を奪われた。

「止まれ！　ここから先へは行かせない！　斗森《としん》、右を狙え」

矢の名手である弟に指示を出すと「了解」と少年らしい軽やかな声が返ってきて、風切り音とともに一本の矢が飛ぶ。ひとりに命中。すぐに隣に立つ男にも命中。倒れて動かないようだった。朱麗はそのまま船を進めて賊の船の舳先《へさき》へぶつけ、飛び移った。跳躍から着地と同時に抜剣し、目の前にいたふたりを斬る。

「残りは六」

朱麗は次の標的を定めようとした。

怯《ひる》む者に対して「相手は女だ」というしわがれ声が聞こえる。朱麗は腕の長さほどある剣を振って血を落とすと、声のしたほうを見やる。獣の角の装飾を首から下げた髭《ひげ》の男が、大剣を持っている。こいつが親玉か。

「止まれと忠告したはずだ」

「……旭氏《きょくし》城主の娘、朱麗だな。天女のような顔をして眉ひとつ動かさず人を斬るとは」

「無駄話はいい。帰れ」

髭の男は嫌らしく口角を上げると、大剣を握る手に力を入れたのがわかった。男の腕の筋肉が盛り上がりきらないうちに朱麗は剣を下から振り上げる。髭の男は後に一寸避《よ》けて朱麗の剣を躱《かわ》す。外した。首から赤い飛沫《しぶき》が舞ったが、致命傷にはならなかった。髭の男は舌打ちをする。

「くそっ」

首の傷を押さえ、血に濡れた手が再び大剣を握った。汚れた靴が踏み込む前に朱麗のほうが一歩速く突進する。髭の男の背中から朱麗が浴びせた剣の切っ先が突き出る。

「死ね」

よく聞き取れない断末魔の叫びを髭の男が発したが、煙草《たばこ》と酒の臭いのする吐息を最後に仰向《あおむ》けに倒れた。残りの賊が「親方」と叫んでいる。どうするだろう。まだ領地に侵入しようとするのなら容赦はしない。「父さん」と叫ぶ少年がいた。斗森よりもいくらか若い。朱麗はその少年の背中に剣を向けた。

彼は振り返り恨みを孕《はら》む目を朱麗へ向ける。髭の男の息子か。成長してまたここへ戻ってきても厄介だ。とはいえ幼い命を簡単に奪いたくない。

「許さないぞ」

少年は泣きながらそう言った。許されないことをしたのはお前の父親だろうが。朱麗は舌打ちをする。身なりは粗末、手足は細く唇の色も悪い。とても不健康に思える。ということはあまり略奪が上手《うま》くないのか。こんな賊をしながらの生活はさぞ大変だろう。襲って奪って、殺さなければ生きられないのだから。

「姉さん！　帰るよ。もういいだろう」

「……だってさ」

「だってじゃないよ。無駄な殺しはするなって父上に言われているだろう」

たしかに、髭の男がやられて、手下たちは既に戦意を喪失している。

朱麗は斗森を追って自分の船に移った。振り向くと、少年は父親の亡骸《なきがら》を見下ろしていた。髭の男にあまり似ていない。きっと母親似なのだろう。

「父親の真似《まね》なんかしないで、真っ当に生きていけ」

朱麗は彼らへ背を向けた。斗森が漕《こ》ぐ船は一族の村がある森の方角へと戻っていく。賊たちはもう襲ってはこないだろう。

いつの間にか一族の警備船が集まってきていた。しかし、朱麗たちが引き返してくるところをみて、舳先の向きをゆっくり変えていく。援護をする前に片付いたと察知したのだろう。手を振っている者がいるので返事をした。

羅賀国の西側に広がる森の領地、玉岳《ぎょくがく》を治める一族、旭氏。朱麗は城主である黒《こく》呂《ろ》の娘。斗森は五つ離れた弟だ。母は斗森を産んですぐに亡くなった。顔はあまり覚えていない。

旭氏は、元は海の民だった。水平線から昇る太陽から名を取ったらしい。その名に恥じぬよう慎ましやかに暮らしていればよかった。いまから五百年ほど昔、一族のひとりの男が当時の皇帝に召し抱えられた。しかし、数年後に謀反を起こし処刑されたという。その罪により一族まるごとこの森に追放された。皆殺しにならなくて済んだのだから、当時の皇帝は寛大だと思う。

玉座は誰もが狙う。権力に目が眩《くら》んだのか、理解はできるけれど共感はしない。

旭氏にそんな大それたことをした者がいたなんて。

追放された先は未開の地だったので、最初は苦労の連続だったらしい。しかし、旭氏は逞しかった。自然が豊かで森と大河の資源も豊富、生きていくには困らない。だから旭氏は栄えた。そして賊に狙われる運命にある。一族の歴史が綴《つづ》られた文献が屋敷に僅かに残っているのだが、幾度も侵略に耐え凌《しの》いできたことがわかる。

朱麗は一族の不名誉な言い伝えが悲しかった。剣を振るって領地と一族を守りながら、心のどこかで「なんだか違う」という気持ちが渦巻く。それがなになのかはわからない。狩りでも戦でも埋められないなにか。そもそも戦いたくて剣を振るっているのではない。血を見るのが好きなわけでもない。では心の奥にある渇きはなんだろう？　よくわからない。

戻る船の上から朱麗は剣で魚を捕まえた。船と同じ速度で泳ぐ魚がいる。そいつを剣で突くのだ。一匹、二匹……合計五匹。

「姉さんは漁師顔負けだな。網どころか銛《もり》さえ使わないのにその才能は誰の遺伝なんだろうな」

「こっちの捕り方が私には合っているからね」

「なんにしろ、ありがたいね。今夜は魚の献立だな」

「斗森は香草焼きが好きだろう？　作ってもらおうよ」

弟は「やったぁ」と拳を突き上げた。空はもう茜《あかね》色の雲が筋を走らせている。

朱麗は再び賊の船のほうを振り返る。すでに逃げたようで、見えなくなっていた。

また向かってくるのであれば容赦しないところだが、まだ幼い少年を斬るのは忍びない。しかし、情けをかければ村が襲われる。心を滅して剣を振るうときもある。

「姉さん、額が赤くなってるぞ。血かな、怪我《けが》でもした？」

斗森は己の額を指差す。触れてみるとぴりっとした痛みが走る。気づかないうちに負傷したのかもしれない。

「大丈夫、どこかにぶつけたのだろう。なんてことないよ」

朱麗は乱暴に額を拭ってみて手のひらを確認する。血はついていなかった。そういえばここ最近、額がむず痒《がゆ》い。虫にでも刺されてしまったのだろうか。

蛇行する大河が作った入り江に停泊させて、捕《と》った魚を籠に入れる。森の奥にある見張り台には警備の男たちがいて、こちらに手を振っている。

朱麗たちは繋《つな》いでいた馬にまたがって村へと戻っていく。道すがら、茜色の空はだんだんと深い青を混ぜてくる。筆に含ませた墨色を水に落としたように。

村に到着すると、民たちが仕事の手を休めて集まってきた。その中をかき分けて朱麗の侍女、沙那《さな》がやってきた。

「朱麗様、お帰りなさいませ」

「ただいま。こちらは異常がなかったか？」

「ございません」

ならばよかった。

斗森は友人たちと連れ立って歩いていた。その背中を頼もしく見送った。武勇伝を語っているのだろうか。城主の後継者に相応《ふさわ》しい若者に育ってきた。

広場は子どもたちが走り回っていて、商店が立ち並ぶ通りは人が行き交っている。大河を渡って帰ってきた旭氏の行商集団、それと外地からやってきた商人らしき者たちもいる。通行許可があれば誰も咎めない。だが武器を手に略奪をしようとするならば容赦はしない。

沙那へ「ほら、魚だ」と籠を渡す。

「お嬢様、どうして討伐に向かったのに魚を持って帰ってくるのですか……助かりますけれど」

「捕れたから。せっかく川へ出て手ぶらで帰るのもなんだし。夕餉《ゆうげ》は魚の献立にしようよ。沙那も好きでしょ？」

「もう……それにお顔の返り血を洗ってくださいませ。子どもらが怖がります」

さっき拭ったのに取れていなかったのか。再び袖口でごしごしと顔を擦る。

「やだもう、お嬢様。余計に汚れます！」

「いいんだってば。屋敷に戻ったら湯あみをするから」

「本当にもうちょっと女子《おなご》らしくしてくださいませ。城主からも小言をもらいますよ」

そのやり取りを聞いていたひとりの娘が、朱麗に手巾を差し出す。

「朱麗様、こちらをお使いくださいっ！」

「あ……ありがとう」

「朱麗様がお仕事から戻られたら使っていただこうと思って、ご用意したんです」

撫子《なでしこ》色に染められたその手巾は香が焚《た》きつけられているようで、顔を拭うとふっと香った。手巾をくれた娘の頬も撫子色に染まっていく。

「いい匂いがするね。なんなの？」

「お気づきですか？　鈴蘭です。月見の塔が建つ丘にある鈴蘭畑から摘んで、香にしました」

もう一度手巾を嗅ぐ。戦いで張りつめた心が解《ほぐ》れていくような気がした。「さすが薫香店の娘だね」と礼を言うと彼女は跳ねて喜んだ。

「私のもお使いくださいませ、朱麗様」

「こちらもどうぞ、朱麗様！」

私のも、私のも。娘たちがわれ先にと手巾を差し出してくる。染物屋の娘、織物店の娘……そこへ沙那が割って入る。

「はいはい！　朱麗様のお顔は一つしかないんですからね、ほかの方は私がお預かりしますから」

なんなのよ、あんたには用がないと文句を言われつつ、沙那は娘たちから手巾を預かっていく。

「朱麗様がひとりだけに優しくするからです。ああいうときは躱《かわ》していかないと……」

「申し訳ないでしょう？　せっかく用意してくれたのに」

「贈り物が増えてお部屋が埋まってしまいます。片づけるのは誰だと思っているのですかっ」

「いつもありがとう。そうむくれるな」

食べ切れない菓子、使い切れない品物は屋敷の者に分け与えたりもするが、それでもどうしても廃棄しなければならない時がある。心苦しいからしんみりしていると沙那が情け容赦なく捨てていく。

「まったく。朱麗様は本当に娘たちに人気ですよね。男はひとりも寄って来ないのに」

「寄って来なくても困らないよ。私は別に」

「男たちより娘たちに好かれてどうするのです。年頃の娘たちをここでつっかえさせないでください」

「酷いこと言うね？　沙那」

「興味がないっておっしゃっても、そんなわけにいきませんでしょう。朱麗様だってもう二十。ご縁があればいつしか誰かの妻になるのですから」

また始まった。この手の話は苦手だ。思わず唸《うな》り声が出る。

「結婚なんて興味がないし……なにより想像できない。夫なんかいらぬ」

まったくお嬢様はいつもそうやってなんたらかんたら。沙那はぶつぶつ言いながら屋敷へ入っていく。

次の城主は斗森だ。そのうち妻や子を持つだろう。朱麗にはそういう未来は思い描けない。それならいらない。

旭氏城主の大きな屋敷、勤労で快活な人々、領土全体に広がる深い森。振り向けば大河。ここは羅賀国で最も山深く俗世から離れた土地。

「私はこの地で生きて死にたいんだ」

森の中を抜けてきた風を感じ、大河を眺め、自然の恵みとともに暮らす。民の笑顔を見ながら生きて、そして死にたい。守りながら死に、この体を苗床に様々な命が芽吹いていくだろう。朱麗は手を握りこむ。

必要とされるのなら。私の居場所はどこだろう。そんな気持ちに苛《さいな》まれる時がある。玉岳は好きなのに、ここでは生きる未来が描けない。色がない。

夕餉の献立は予定どおりに魚尽くしとなった。香草焼き、塩焼き、それに煮つけ、汁物。どれも美味《おい》しくて身も心も満たされた。殺した親玉とその息子の目が脳裏に焼き付いて離れないが、いつものことだ。朱麗はなにも考えないようにした。死者を思い返せば食欲がなくなる。食わねば体を壊す。体を壊したら誰が玉岳を守るのだ。

「父上の様子は?」

沙那に問うと「特にお変わりございませんが」と答えた。

父・黒呂は二年前、賊相手に深手を負った。腰に受けた剣の刺し傷で、幸い一命を取りとめたが、以来寝たきりになってしまった。強い城主の黒呂も寄る年波には勝てず、とにかく回復が遅い。朱麗も斗森も遅くにできた子で、物心ついたとき父は既に白髪交じりだった。医者も薬も尽くした。あとは苦しまぬようにするだけだ。

夕餉を終えて自室に戻ろうとしたとき、中庭で斗森が酒を飲んでいた。

「父上は姉さんが捕った魚を食べて喜んでいたよ」

「そうか。よかった」

おそらく嘘《うそ》だ。父はもう食事もまともに取れない。それに朱麗が獲ってきた食材を喜ぶことなどない。姉を気遣ってくれる優しい子だ。斗森は体は大きく逞しくなったが心はまだ幼い。慕う父が死にゆく姿をただ見守るのは苦痛だろう。

あの親玉に縋《すが》る息子が斗森に重なってしまい、朱麗は頭を振る。なんだか今日はやたらと感傷的だ。思いを振り払うように見上げた夜空には欠けた月が浮かんでいる。

「ねぇ、斗森」

「なんだい？　姉さん」

「我々の先祖はさぞ自由に絵を描いたんだろうね」

「なんの話かと思ったら……まぁ、皇帝専属の絵師だったそうだからね。自由だったんじゃないの」

　どんな人だったのだろうと思い描いても、輪郭しか浮かばない。

「いい画材を使っていたのだろうな。いい墨、いい紙……」

「そっちが気になるのか？　姉さんも描いてみたいってこと？」

　斗森の問いに首を横に振る。

「ちょっと気になっただけだよ。こんな山奥では都の物など手に入らないからね」

「どんな銘品を使っていたって、絵師が謀反だなんて笑えるな」

「……確かに」

「願いを叶える一族と謳《うた》われた旭氏。皇帝の絵師になったのに裏切って自分の天下を叶えようとして、失敗する。汚名だねぇ」

　一族は森の奥へ追いやられ、いつしか筆ではなく剣を持って身を守りながら生きている。

「まじないで絵を描いて願いを叶えるなんてね、本当に摩訶《まか》不思議な力を持っていたわけではないんだよ」

「姉さんの言うとおり、そんな話は迷信さ。昔の話だしね……願いは己の力でどうにかするもんだ。叶わないならばそれが運命なんだ」

弟の言葉を黙って聞く。朱麗は己の指先にできたいくつかの切り傷をじっと見つめる。

「あろうことか謀反を犯し、絵師の刃栄は死んで、残った一族は逆賊扱い。あいつは一族の未来を使って失敗したんだ」

斗森は徳利《とっくり》を持って立ちあがる。よろめいているのでだいぶ酔いがまわっているのだろう。

「先祖の悪口を言わないことだよ、斗森。血の繋がりはある」

「そうだね、ごめん。でもさ、身の程知らずもいいところだ。俺は天下なんかいらない。腹いっぱい食って、俺だけを愛してくれる優しくて美人の嫁さんと暮らすのがいい」

「斗森の願いはそれか？」

「そうだよ。あと父上と姉さんが元気にいれば」

「いま付け足しただろう」

「なに言ってんのさ。ずっと願っているよ」

おやすみ、と斗森は屋敷の中へ入っていった。遠ざかる弟の足音が聞こえなくなるまで、耳を澄ませた。静けさに身を隠しながら、父の部屋へ向かう。

「父上。朱麗です」

呼びかけて中へ入ると、薬草と垢《あか》の混ざった臭いがする。嗅ぎ慣れたそれも、この先父がいなくなり臭いもなくなれば悲しく思うのだろうか。

　父は目を薄《う》っすらと開けて「朱麗か」と吐息を漏らした。

「お加減はいかがですか？」

「変わりない」

　いつもの会話だ。具合がいいわけがないのだ。父が顔をしかめたので朱麗は懐から紙を取り出し広げて父に差し出した。真っ白な紙に墨で描いた翼を広げる鶴が姿を見せる。

「なんだ、それは」

「父上のために描きました」

　父は乾燥しきった手で絵をなぞる。指のささくれに紙が引っかかるかさかさという音は、朱麗にはまるで飛び立つ鶴の羽ばたきに聞こえる。

「上手く描けたと思います。この……翼も嘴《くちばし》も、思いを込めて念入りに筆を入れました。千年生きると言われるその姿は生命力に溢れ、鳴き声は遠くまで届く。力強く飛び、命の躍動は父上の病をきっと」

「わしの言いつけを破るのか」

絵の説明を断ち切るように父が絞るように言った。

「言いつけは……これは父上にだけお見せするのです」

「まじないの絵を描くなといったはずだ」

「鶴は健康と長寿を願うものです。父上にははやく元気になっていただきたく。斗森の願いでもあります」

朱麗は鶴の絵を畳み、また懐に仕舞った。部屋に飾ることは父が嫌がるのでできない。二年前、怪我をして生死をさまよったときにも鶴の絵を描いた。

「……なんの因果なのか。お前だけにそんな呪われた力があるとは」

「ただのまじないです。長らえたのは父上ご自身の力です」

深く息を吐いた父は目を閉じる。朱麗自身は呪われた力だとは思っていない。実の父にそんな風に言われると腹が絞られるように苦しくなる。

「朱麗、皆に悟られてはならんぞ。人前でまじないの絵を描くな。旭氏がどうしてこの玉岳にいるのかを忘れるな。お前はこの玉岳を守るために戦うのだ」

「承知しています。私は戦うために生きています。絵のことは……斗森も知りません」

うむ、と父は唸った。

幾度となく唱えられる父の言葉は朱麗を縛っていく。人前で絵を描いてはならない。見られてはならない。頼まれても描いてはならない。

「八緒《やお》は幼子だったお前が描く絵に恐怖して、心を病んで死んだのだ。殺すのは母親だけで終わりにしなさい」

その話は何度も聞かされた。面と向かって言われると、どう返事をしていいのかわからない。

「犠牲は母親だけにしろ。一族とこの地を守ることだけ考えろ」

母の八緒は朱麗のせいで死んだのだと、父親に言われると意識を失いそうになる。食いしばって耐えるしかない。明るく振る舞うのも、普通の女子のように着飾りたくないのも、すべて忘れるためだ。

日に日に弱っていく父は、ここのところ口数が多い。死期が近いことを悟っているのだろうか。長い時間話せば息切れを起こすのに。

朱麗には、父が既に死に飲まれ始めているのが見える。実の娘に恨み言を吐き、呼気からは腐敗臭がする。自分は拾い子ではないのかと思ったこともあったけれど、血の繋がりは感じている。同じ鳶《とび》色の瞳、顔の同じ位置にほくろがあり、皆が「黒呂城主の若い頃にそっくりだ」という。

話しているうちに痛みが和らいだのか、父は呼びかけに返事をしなくなった。眠ったらしい。枯れ木のような腕を布団に入れてやり、朱麗は静かに部屋を出た。

朱麗は自室に戻って父のために描いた鶴の絵を箱の中に仕舞う。部屋の戸をすべて閉めて文机《ふづくえ》に座り、筆を取った。

討伐の帰りに見た空、親玉が首から下げていた首飾り、少年の瞳。父の腕。捕まえた魚。すべて黒で描いて、繋げていく。皆には内緒の時間だ。仕事でもない、趣味というのが一番近い。ただ、絵を描いているときだけ心の空洞が満たされる。そんな気がする。

自由に描いて楽しかったのは幼い頃の話だ。人前で絵を描いてはいけない。見せてもいけない。

母の顔をあまり覚えていないのは、母が朱麗を遠ざけるようになったからだ。優しい女性だったことは覚えているけれど、顔に霞《かすみ》がかかったようで心に描くことができない。思い出といえばあのことだけ。

屋敷の庭には牡丹《ぼたん》が植えられている。美しい咲き姿を描いて母にあげた。乳母に「牡丹には子孫繁栄を願う意味がある」と聞いたからだ。ほどなくして母は懐妊する。のちに聞いた話では、母は跡継ぎとなる男児をと望んでいたが、なかなか授からなかった。幼い朱麗が描いた大人顔負けの牡丹の絵を、最初は嬉《うれ》しく思い部屋に飾っていたが、懐妊がわかると破り捨てようとしたのだという。母は止めた侍女に絵を押しつけた。「気味が悪い」と。その絵は母が亡くなったあと遺品とともに朱麗のもとに戻ってきた。母に嫌われても、思い出の品であることに変わりはない。捨てられなかった。部屋のどこかで息を潜めているはず。

朱麗が描く絵には願いを叶える力がある。だが、その力は一族をきっと滅ぼす。恐ろしくなった母は、絵を描くことを禁じて朱麗を避けた。

あの日、牡丹の絵を描かなければ、母は朱麗を嫌わなかったに違いない。死ななかったかもしれない。けれど斗森が産まれることもなかった。

朱麗は黒一色で描く。色は空と大地、目に映る景色すべてに、そして心の中にある。色をつけなければ完成ではない。完成させないなら、きっと願いなんて叶わない。

母様。私は母様の願いを叶えたかったのです。

一族の皆を守るために朱麗は剣を持つ。ひとりきり黒で描くものは祈りだ。

翌日のこと。朱麗は朝日とともに入り江にやってきた。

見張り台からの連絡が入ったからだ。黒い船が一隻、こちらへ向かってくると。

「またか」

朱麗は吐き捨てた。美しい朝日の中の景色は穏やかなのに。どうしてそっとしておいてくれないのか。

「昨日の仲間かなぁ。どう思う？　姉さん」

「そんなに大勢の組織ではなさそうだった」

「たしかに。金も持ってなさそうだったし。でも、二日続けてはさすがに不穏だね」

斗森の言うとおりだ。襲われることが頻繁だと皆が不安定になる。

「きたたな。あれか」

蛇行する大河をこちらに向かって大きな黒い船が進んでくる。旗を掲げて。

「なぁ姉さん。あれ……皇帝軍の船じゃないか？　あの旗印は皇帝軍だ」

「え？　どうして皇帝軍が玉岳へくるんだ」

「先ぶれなんかないよ」

「斗森が聞いてないなら私もわからないよ」

弟のほうが目はいい。近づいてくる船の旗はたしかに皇帝軍のものだった。こんな僻地《へきち》になにをしにきたのだろう。

「皇帝軍だけだろうか。陛下も乗っているのか？」

「だとしたら旬の魚でも食べにきたのかな。姉さんどう思う？」

「そんなの城でも食べられるだろうが」

「何年か前にきたことがあったんだろう？　俺は幼すぎてあんまり覚えてないんだけれど」

たしかに朱麗が十歳かそこらのころ、皇帝が訪れたことがあった。その時はまだ元気だった父と、縁戚の男たちが対応していた。「皇帝陛下がお忍びでやってきた」と噂《うわさ》が広まった。詳しいことは知らない。記憶も曖昧だ。妃候補《きさき》を探していたのではないかと話をしていた者たちがいた。こんな山奥に女子を探しにくるなんて物好きだと思ったのだった。成長して旭氏の歴史を知ると余計、妃探しでないと思った。

「私は陛下に会ったことがある」

斗森は「そうだったの？」と驚いている。父にも弟にも黙っていたことだった。

「最近まで忘れていて、思い出しただけだ。幼い頃の記憶なんてそんなもんだ。あの時、私は入り江に停泊する船をずっと見ていたんだ」

正確に言えば、屋敷から持ってきた紙に船を描いていたのだ。景色を眺め、心の向かうままに筆を走らせひとり盛り上がっていると、後ろから声をかけられた。

「面白いか、娘」

驚いて振り返ると男が立っていた。光の加減で銀色に光る黒髪、海の底のような漆黒の瞳。腹の奥に響く声をしていた。若々しいようであり、老いてもいるような空気を纏《まと》っていた。その男が羅賀国の皇帝、圭鳳《けいほう》だとあとから知った。

「じゃああの船に皇帝が乗っていたら、姉さんと皇帝陛下は再会ってことになるのか」

「村の娘のことなど陛下は覚えておられまい」

話をしているあいだにも注視していたが、甲板に誰も出てこない。

「斗森。矢をつがえ」

「どうしたの？」

「なんだか様子がおかしい。用心して」

静かすぎる。様子を窺《うかが》っているとガタゴトと音がして、兵士がひとり甲板に出てきた。武器を持たず、威嚇の様子もないようだったのでこちらも警戒を解く。すべてではなく半分だけ。朱麗はいつでも飛びかかるし、斗森は矢を射る。一族の若者が十人ほどやってきて「朱麗様!」「ここは俺たちが」と息巻くのを制する。誰が乗っているのかわからないのに事を荒立てたくはない。

船が進むにつれ、立ってこちらを見ている兵士の顔がわかる。朱麗は目を見張った。

「姉さん、あれって」

黒い甲冑《かっちゅう》が濡れているのがわかる。どうした? 川に入って濡れたのか? いや違う。血まみれなのだ。目が虚《うつ》ろだ。立ったまま息絶えていると思われる。

船が進むのを止めた。あの兵士が舵を取っていたのかもしれない。

「姉さん。もしかしてこの船、あの人の他に誰も乗っていないのかもしれないな」

「そうだろうか。誰か、船をここへ導いてくれないか」

朱麗が声をかけると、若者のうち三人が手を挙げてくれた。

「注意して。何者かが潜んでいるかもしれない」

返事をし、三人は小船を漕いで皇帝軍の船へ近づいていった。用心しながら手際よく船に縄を投げ、乗り移っていく。斗森には矢をつがえさせたまま。もしあの三人が何者かに襲われでもしたらすぐに応戦する。

暫くすると船がゆっくりと動き出した。誰かが操舵室《そうだしつ》に行ったのだろう。若者のうちひとりがこちらに手を振っている。

「なにも異常がないようだけれど？」

「人が死んでいるんだよ？　異常だろうが。とにかく用心して、斗森」

桟橋に舷梯《げんてい》がかけられ、旭氏の若者三人が朱麗を呼んでいる。

「朱麗様。操舵室と甲板には誰もいません」

「さっきの兵士は？」

「あそこに」

朱麗は舷梯を渡って船へ乗った。斗森もついてくる。

船尾のほうにさきほどの兵士が倒れており、血だまりが線を引いていた。

「海賊に襲われたのかもね。この人、足の傷が数日経《た》っているよ」

斗森の見立ては当たっているかもしれない。しかし、操舵手もいない、積み荷も見当たらない。「逃げてきたってところかな」と朱麗は呟《つぶや》いた。本当に死んだ兵士以外誰も乗っていないのかもしれない。

「待って、この人まだ息があるよ」

遺体を覗《のぞ》き込んでいた斗森が叫んだ。近寄ってみると兵士は薄っすらと目を開けて視線を動かし、朱麗を見た。

「誰かこの人に手当をしてくれ！　あなた、どうしたの？」

「……う……せん、しつ、に……」

「船室に誰かいるの？」

瞳を微《かす》かに動かした兵士はそのまま気を失う。よく見ると鎧《よろい》の下に上等な衣を身に着けている。刺繍《ししゅう》は城への献上品にしか使われない絹糸だ。武装した高官か？　戦でもあったのか？

「この人を船から降ろしてくれ。私は船室を見てくる」

斗森を伴って階段を降りていく。皇帝軍の船は大きく通路も広かった。中で争った形跡もなく、そして人の気配がなかった。いくつかある小さな船室の扉を開けていったが、中には誰もいなかった。通路の突き当りに大きな扉がある。用心しながら朱麗はその扉を開いた。

明らかに身分の高い者が使う部屋だった。刺繍の衝立《ついたて》、文机に茶器。螺鈿《らでん》細工の箱……そもそもこの船は戦用ではないのではないか。火薬も大砲も積んでいないようだ。

「誰かいますか？」

朱麗の呼びかけに返事はない。

「誰もいないんじゃない？」

斗森の声に重なり、どこからか衣擦《きぬず》れの音がした。奥だ。寝台がひとつ置かれ、誰かが横になっている。

「私は朱麗。玉岳の旭氏の者です」

朱麗が名乗ると、寝台にいる者がゆっくりと体を起こした。長髪をひとつに束ねた若い男だ。彼は首を回してこちらに顔を向けた。朱麗は息を呑む。

羅賀の皇帝、圭鳳だ。

「陛下」

「えっ。あいつ皇帝なの？」

「こら」と窘《たしな》めると、皇帝が寝台から立ちあがって、こちらを見た。視線は朱麗で留まった。いや、その後ろを見ている？　斗森、と呼ぼうとしたその刹那、懐から短剣を出し、五歩ほど先から圭鳳は抜剣しながらこちらへ襲い掛かってきた。速い。

「斗森！　逃げて」

狙いは斗森だ。朱麗は斬られるのを覚悟で圭鳳の前に出た。抜剣《ばっけん》して一撃を受け止める。

「……陛下！」

体がきしみ地面に足がめり込む感覚がする。皇帝は目の奥に暗い光を宿していた。船室で戦うことになるなんて思いもよらなかった。圭鳳は短剣、朱麗は分が悪い。

「皇帝に剣を向けるなど大罪だぞ。わかっているのか」

なんだと？　突然襲い掛かってきたのはお前だろうが。そう返したいのを堪《こら》える。

「ご無礼お詫《わ》び申し上げます！　しかし村の者をわけもなく斬られるのは城主の娘として黙って見てはいられません。斬るなら私を」

咄嗟《とっさ》にそう言うと「姉さん！」と斗森の声がした。その途端に圭鳳の剣から力が抜け、朱麗はその反動でつんのめってしまう。剣を持つ腕を摑《つか》まれ、圭鳳に支えられた。

「……そんなに怒るな。ちょっと昔の知り合いに似ていたもんだから」

斗森を指差す。圭鳳は剣を下ろし鞘《さや》に納めた。

「怖い顔しないでよ。きみが朱麗？　美人だねぇ。噂どおりだ」

へらへらと笑う圭鳳は、たったいま斬りかかろうとした斗森に向かって「すまんな」と手を振る。なんの噂なのか、容姿を取り上げられて気分が悪い。むっとしていると斗森がうしろで「……皇帝陛下？」と呟く。

「びっくりさせてしまったな。そこの若者」

なんだか癪《しゃく》に障る。斗森が無事だったからよかったが、この男、今しがた自分がなにをしたのかわかっているのだろうか。知り合いに似ていたからと斬りかかられていてはたまったものではない。なんて無礼な男なのだろう。なにが皇帝だ。朱麗は舌打ちをしそうになる。自国の主を悪く思うなんて父に叱られるだろうけれど。

「朱麗の弟、斗森と申します」

へぇ、と圭鳳は目を丸くする。斗森はというと、目がきらきらと輝いている。まるで目の前に英雄でもいるかのように。いま斬られそうになったというのに。

「陛下っ！　伺ってもよろしいでしょうか？」

斗森が聞くと圭鳳はいいよ、と軽く許可する。

「どうしてこんな辺境へいらっしゃったのですか？　見たところ歴遊でもないようですが」

斗森としては気を遣った問いだろう。圭鳳は「まぁね」とため息をつく。

「斗森、無礼だよ」

弟を窘めると、圭鳳が「かまわん」と言う。

「山間部で治水事業任務中の部隊を激励してくださいっていうからついていったら、

身内に裏切り者がいてさ。野営中に襲われて、俺と側近以外殺されちゃったんだよね」

「なんですって……」

思わず呟くと圭鳳は片方の口角を上げる。

「戦場じゃないから武装も軽かった。向かったのは羅賀に聳《そび》える壱賀山《いちがさん》、弐賀山《にがさん》、参賀山《さんがさん》のうち一番低い参賀山と大河の間だ」

「あそこはたしか百年ほど前に大雨による山崩れで小さな村がなくなって以来、人は住んでいませんね。なにか建設予定でもあったのでしょうか？　治水工事なんて」

「そう。奏上はあったし許可はしたが、俺を城から出すための架空の事業だったんだろうな」

「ずいぶんと手の込んだ……」

「参賀山の麓はたしかに川の氾濫が多かったから。ただ、どこかの領地でもない場所。なんか嫌な予感がしたし、俺は行きたくなかったんだがな。結局これだ」

お気の毒に。

皇帝ではあるが、こんなに軽々しく……いや親しみ深く下々の者たちと話をする人だとは思わなかった。

「確実に殺そうとしていたらしくて食事に毒は盛られるわ、斬りつけられるわ。散々だったんだよ。それで、側近くんたちが身を挺《てい》して野営地を脱出、船を出して俺のことを逃がしてくれたってわけ」

まるで他人事のように言って、圭鳳は寝台に剣を放り投げた。

「船が壊されていなくて助かった。なんとかこうして拾ってもらえたし」

何人かの命の上に彼の無事はあるのだ。少々癪に障る男だがこの国の皇帝なのだ。ここで旭氏としてなにもしないわけにはいかない。もし無下に放り出したら死者から呪われそうだ。

「よくぞご無事で。陛下、我が領地へおいでください」

「助かる。本当は川に放り出したいって顔に書いてあるけれど」

朱麗が顔に触れると、圭鳳は「冗談だ」と笑った。腹が立つ。

「……すぐ城へ知らせを出しますね。といいましても、玉岳からは数日かかってしまいますが」

「いらない」

「え？」

「知らせはいらない。俺は帰るから」

当然といった様子で、圭鳳はかけてあった上着を羽織った。

「聞こえたか？　俺は帰る。だからわざわざ知らせる必要はない」

「しょ、承知いたしました」

「俺のことを心配してくれる者たちがいるからね。帰ってやらなくてはならん」

「おっしゃるとおりでございます。陛下が戻られれば城の皆様のみならず民たちが安心するわけですし」

「そうだよ。だから帰るぞ、準備をしろ」

誰に言っているんだろう。もしかして、旭氏で送っていけということか？　たしかに勝手に帰れとは言いにくい。あとで皆に相談し馬と馬車を用意しなくては。あの船を使って航路と陸路で帰るのかな……ぶつぶつ言っていると圭鳳が「あーあ」とため息をついた。

「皇后が元気で生きていたらいいんだけど」

「皇后陛下もご心配ですよね」

「そう。心配なんだよ。巻き込まれて殺されていたらたまったもんじゃない」

船室を出ていく圭鳳の後を追う。斗森もあたふたと追いかけてきた。

「陛下のほかにはどなたかいらっしゃるのでしょうか？　上にひとり残っていたお方は？」

「側近の功弥《こうや》だ。俺のこと助けてくれたんだけど、死んだか？」

「いいえ。微かに息があります。村で手当をするために運びました」

「お。案外頑丈なやつよ」

なぜこの男は自分を助けた側近が瀕死《ひんし》だというのに笑っていられるのか。死ぬかもしれない重傷だということをわかっているのに。

「……きみ、どうして責める」

圭鳳の口調が急に変わる。

「責めてはおりませんが」

「目は口ほどにものをいう。きみより長く生きているからわかるんだよ。薄情だと俺を軽蔑したか？」

「そ、そんなことは」

顔に出てしまったのだろうか。顔を背けるようにして圭鳳の視線から逃れる。

「別にかまわんよ。昔、俺を助けるといった側近のせいで厄介なことになった経験があるのでね」

「そう。でもきみには関係ないよ。それに、俺を守った者たちにこれでも敬意を払っているつもりだ」

圭鳳はけほ、と咳《せき》をした。なんだか顔色が悪いようだ。飄々《ひょうひょう》としているから忘れそうになるけれど、彼は命を狙われて逃れてきたのだ。疲労していないわけがない。ここで話し込んでいないで村に案内しなくては。「こちらへ」と振り向くと、彼は立ち止まったままだった。どうしたのだろう。じっと窺《うかが》っていると、圭鳳の唇から血が糸を引く。

「……陛下?」

「なんだ」

「お怪我をされているのでは!」

圭鳳は血を拭って腹をおさえている。駆け寄って衣の腹部を探ると湿っていた。血だった。

「斗森。すぐに劉《りゅう》先生を呼べ」

どうしたの、といいかけて圭鳳を見た斗森は、血相を変えて駆けて行った。

「厄介なこと?」

「背負いますのでこちらへ!」

「なんてことない。平気だ……」

言い終える前に圭鳳はその場に倒れ込んでしまう。咄嗟に彼の頭を庇《かば》って抱き抱えた。

「陛下！」

いけない。唇が真っ青だ。指先も冷たくなっている。体をよく調べると帯ごと腹が裂けていて、出血している。この状態で朱麗と剣を交えたというのだろうか。なんとにかく船から降ろさなくては。圭鳳を背負うと、さすがにずしりと重い。なんとかして甲板まで出ると、村の若者たちが駆け寄ってきて圭鳳の体を預かってくれた。

「腹を切られている。早く屋敷に連れて行って手当を！」

「朱麗様。陛下は……」

ひとりの若者を朱麗は「しっ」唇に人差し指を当てる。

「お命を狙われている。そのへんにまだ潜んでいるかもしれない。外で軽々しく名を呼ばぬよう」

「承知しました」

「……ひとまず天天《てんてん》とお呼びしよう」

天天？と一人が首を傾《かし》げる。

「昔うちで飼っていた猫の名前だ」

朱麗の提案に真顔で頷《うなず》いて、若者たちは圭鳳を船から降ろした。後を追いかける。何事かと皆が見守るなか、圭鳳は旭氏の屋敷に運ばれた。

入り江を見下ろす高台に建つ屋敷は、古くて広い。

どたばたと男たちが門を潜《くぐ》って屋敷にあがってきたことで、皆が仕事の手を止めた。泣きそうな顔の侍女もいたが、朱麗の顔を見ると少し安堵《あんど》した様子だった。いつもは静かな場所だ。見たこともない船が漂着したり、知らない男が運び込まれてきたり、怯《おび》えるなというほうが無理だ。沙那が「朱麗様！」とこちらへ駆けてくる。

「斗森は？」

「劉先生と一緒に東棟の広間にいきました」

「わかった」

客人の訪問があったときに通す部屋だ。朱麗が駆けだすと沙那も追ってくる。

「なにがあったんですか？　どなたか運ばれていったようですが」

「詳しくはあとで。東棟には誰も入れるな。もしも訪ねてくる人があっても門を通してはならないよ。先に用を聞きなさい」

「承知しました」

「大丈夫だから、あまり騒ぎ立てるな。いつもどおりにしていなさい。困ったらすぐに私に知らせて」

朱麗は庭に沙那を残して、東棟に続く渡り廊下を駆けて行った。沙那の心配そうな目が尾を引く。

東棟の廊下を進むと、点々と血が落ちている。辿《たど》るようにして部屋へ着くと、戸の前に脱ぎ棄《す》てられた靴がある。おそらく斗森と劉先生だろう。床に落ちている血の量が多い。

朱麗は背筋が冷えた。こんなに出血していて助かるのだろうか。

部屋の中から話し声が聞こえる。圭鳳の声であることを祈りながらそっと戸を開けた。奥に置かれた寝台まで血の跡は続き、圭鳳が寝かされていた。囲むように斗森と白髪頭の劉先生がいる。こちらを見て「朱麗様」と立ち上がった。朱麗は駆け寄って圭鳳の様子を見る。衣は脱がされ、腹に当てられている布は大量に血を吸って真っ赤だ。

「すごい傷跡」

腹の傷も酷いが、圭鳳の胸の中央にも古い傷跡があった。こんなに傷だらけになるような、普通に生きられない立場の人間だということがよくわかる。

「いかがでしょうか、天天のご様子は」

「……天天？」

「いや、なんでもありません。陛下のご様子は？」

いまは眠っています、と先生は圭鳳の額を手巾で拭った。首筋に冷汗をかき、頬は血色が悪い。

「血が止まらんのです」

「傷を隠していたようです。さっきまで平然と話をされていたのですが」

「考えられませんな。こんな出血で立っていられるわけがない」

「助かりますか？」

「できる限りのことはしますが、意識が戻らない限りはなんとも」

先生は言葉を濁す。そんなに深手を負っていたというのか。どうしても救わなければならない義理はないが、ここで死なれては夢見が悪い。救う義理よりなぜか助けなくてはならないという使命感に駆られる。

いまの状態を書き留めたようで、先生は帳面と筆を机に置いた。

「運ばれた側近の方は？」

「さきほど気がついて、いまは薬で眠っています。予断を許しませんが、陛下よりは傷の程度は軽いかと」

たしか名を功弥といったか。目覚めたときに話を聞きたい。

「斗森。下へ行っていなさい。お前がいないと皆が不安がる。ここは私が見ているから」

「わかった。このこと、父上には俺から伝える。食事もここで？」

「私はそうする。劉先生をお連れして食事を摂っていただきなさい」

先生はこのまま父の様子も診てくれると言う。

劉先生は玉岳いちの名医で、父のことも長年世話になっている。枯れ木のようになってもまだ命を繋げている父を不思議がりつつも「使命があるから生きておられるのですね」と励ましてくれる。朱麗や斗森が怪我をしたときも、劉先生が治療してくださった。

皇帝を手当することになるとは思わなかっただろう。

ふたりが出ていき、部屋には朱麗と圭鳳だけとなった。

圭鳳の呼吸は弱々しい。医術に明るくない素人目にも、もうすぐ死にそうだということはわかる。この状態で長旅をするなんて到底できるわけがない。なにもしなければこのまま玉岳で死んでしまう。なんとか城に帰り、皇后のそばで逝けるようにしてやりたい。腹に巻かれた包帯にはじくじくと血が滲《にじ》んでいる。

なにもしないでただ見ているだけなんてできない。目の前にいるのは我が国の皇帝。朱麗は心に従うことにした。間に合うかわからないけれど、いまなら誰も見ていない。肌に描いて拭き取ってしまえば残らない。朱麗は劉先生が置いて行った筆を取る。

「祈ることしかできないから。私は」

この人のためになにかしなくてはという気持ちが湧き出てくる。

皇帝もひとりの人間だ。皇后の心配をするのは夫婦の愛があるから。愛してくれる男がいる皇后が少しだけ羨ましい。

会ったこともない人に向かってこんな気持ちになるなんて、どうかしている。

血で汚れた圭鳳の胸に筆先を落とす。その一滴を起点にして線を引いていく。点は線になりするすると伸びやかに動き出す。

楽しいなぁ、絵を描くって。このときだけ無心になれる。城主の娘だとか、将来のことだとか、自分を見る父の目や記憶に残る母のこと、全部脱ぎ捨ててしまえる。

「線はこうして丸くして……割れ目があって赤子の尻みたいな果実。皮の色は撫子色、中身は瑞々《みずみず》しい果肉をたっぷり含み、爽やかな香りがしてくる。太陽の光をたくさん吸ってきっと甘いに違いない。かぶりつけば体が潤う……これは桃。桃は魔《ま》除《よ》けの意味がある」

楽しい。ずっとこうしていたい。筆が滑り墨を吸う肌が美しい。

「なんか……人の肌ってこんなに美しいんだっけ」

干上がった地面みたいなひび割れた老人の肌にしか描いたことがないから知らなかった。きめ細かく艶やかで、墨を乗せると引っかからずに伸びていってくれる。美容に詳しい村の娘たちでも敵《かな》わないくらいだ。父の肌は水分が足りないからか、墨をすぐ吸いとってしまい線が滑らかに描けない。

「下手な紙よりも綺麗《きれい》に線が描ける。これは気持ちがいい」

色を乗せたらどれだけ美しいのだろう。やってみたい。でもそれは約束を破ることになる。

「綺麗な肌だなぁ。まるで月の光に照らされた陶磁器みたい。皇帝っていいもの食べているからなのかな」

顔を近づけて見つめていると、発光しているようにも感じる。指で撫《な》でると適度に弾力があって、温かい。もっと描いてみたいな。腕とか背中とか、あちこちに。

たくさん描いたらさぞ美しくて――。

「待て。私はなにを考えているんだ、変態か！　……でも綺麗だなぁ」

朱麗は頬を抓《つね》った。しっかりしなくては。皇帝の命がかかっているのだから集中しなくちゃ。深呼吸を繰り返して心を静め、再び祈りながら筆をゆっくり動かす。

「どうか災いが降りかかることなく帰れますように。愛する人の元へ」

命を長らえさせたい。消えそうな命が守られて、回復して城へ帰れますように。戻れますように、どうか。……ああ、本当に綺麗な肌だなぁ。おっとまた邪念が。

「……なにをしている」

突然腕を摑まれて、意識が戻された。目を開けると圭鳳が目覚めてこちらを睨《にら》んでいる。

「あ、陛下！　あの……」

言葉の途中で圭鳳は起き上がって鋭い視線を向けてくる。この怪我で動くなんてあり得ない。寝台から降りようとする圭鳳を引き留めようとした。

「まだ寝ていなくては！　動いてはいけません」

「お前、ここでなにをしている」

「なにって、ここで陛下の手当をしていたのです」

「なにをした？　俺にいま」

船室で見たのと同じ。黒い炎を奥に宿した瞳が朱麗を捕らえて放さない。もしかして気づかれた？　圭鳳から離れようとしたが引き寄せられる。圭鳳が動いた拍子に筆が滑って、描いた桃の絵は潰れてしまった。

「医者ではないだろう？　おかしなことをするな。なにかの術か？　毒でも塗りこんだのか？」

「ち、違います！」

「正直に言え。斬られたいのか」

鋭い視線が突き刺さり、体が動かなくなる。腕を掴む手に力が込められていく。

「いまなにをしていた？　言え」

「痛い！」

悲鳴をあげると、圭鳳ははっとした表情で「すまない」と朱麗の腕を放した。圭鳳は気味が悪そうに表情を歪《ゆが》めて「くすぐったいではないか」と胸を手で擦る。桃はただの黒い汚れと化す。

「ああ～消えちゃった……」

「なにがだ？」

「あ、いいえ！　なんでもありません」

「おかしな女子だ」

圭鳳は手についた墨を見てまた顔をしかめた。

「うわ！　なんだこれは！」

「も、申し訳ありません、陛下。墨です……」

「俺を墨で塗り潰すつもりか。ふざけているのか、これは一体なんなのだ！」

「ええと、その……まじないのようなものです」

「まじない？」

「はい。玉岳に伝わるもので祖母に教わって……指でくるくると円を描いて願い事をするんです」

「はぁ？　なんだそれ。聞いたことがない。意味がわからん」

「玉岳にはそういうおまじないがありまして！」

「なんか綺麗だなぁとか聞こえていたがそれがまじないの文句か」

「あ、き、綺麗に傷が治りますようにと」

圭鳳はますます眉間に皺《しわ》を寄せる。なんとか適当に誤魔化さないとならない。

「都でも札で占ったり綺麗な珠《たま》に力があると信じられ集めたりするのと同じです。

陛下もそういったものは耳にしたことがございましょう？　翡翠《ひすい》は皇帝陛下しか身につけられませんし」

「……まぁ、たしかに」

「そうでございましょう！　ことに女子はそういうのが好きですから。後宮のお妃様たちもお好きですよね？」

　そうだったかなぁと圭鳳は目線を上に投げる。

　嘘をつくときの口数の多さは自分でも気になった。一気に話して息が切れる。玉岳に伝わるものでもないし、祖母は朱麗が赤子の頃に亡くなっているので顔も覚えていない。瀕死の状態だったのに元気に目覚めるなんて思わなかったから、迂《う》闊《かつ》だった。誤魔化さなくては。朱麗は指をくるくると回し、目を閉じて願い事をするふりをした。

「私の祈りを叶えておくれ……くるくる。どうですか？　ご気分は」

「なにも変わらん。お前、俺を馬鹿にしているのか？」

「滅相もない！」

　顔の前で手をブンブン振る朱麗を見て圭鳳が舌打ちをした。本当にこの人は皇帝なのだろうか。素行の悪いごろつきみたいな態度で呆《あき》れてしまう。

「祈りって、なにを願った？」

「陛下の傷が早く癒えるようにと」

「ふん。この状況なら誰でもそう言うだろうな。いいか、勝手に体に触れるな」

「も、申し訳ございません」

「願い事は早く死ねばいいのに……ではなかったのか」

「そんなこと願いません！」

随分と嫌な言い方をする。命を狙われたばかりだから仕方がないのかもしれないが、不愉快だ。圭鳳は寝台から立ちあがる。

「安静になさってください！　重傷ですのに！」

「いや、もう大丈夫だ」

そんなわけがないだろう。しかしすっと立ちあがった圭鳳はよろける様子もなくしっかりとしている。あんなに出血をしていたというのに。

「なんだ。じっと見るな」

「大丈夫なのですか？　ふらふらしませんか？　痛みは？」

「痛いに決まっている。俺だって一応人間だぞ？」

「でしたら安静になさってくださらないと……！」

「もう大丈夫だ。急所は外れているから休めば治る」

休んでいれば治るものでもない。船でも平気そうにしていて倒れたのに。強がっているだけではない？　それとも我々庶民が知らないだけで、皇帝ともなると特別な訓練をしているのだろうか。だとしても回復力が人並外れている。真っ青だった顔色も少しだけ赤みが戻っている。側近を「頑丈なやつ」と言っていたが圭鳳はそれ以上だ。辛そうにしている様子もない。それとは別に、やはり肌の美しさは見惚れてしまう。

「じろじろ見るな……なんだ」

「陛下ってお肌が綺麗だなぁと思いまして……」

「なにを言ってる、気持ちが悪い」

「いや！　本当に綺麗です。いいなぁ」

「なんなんだ、お前！　じろじろ見るな！」

「あ、す、すみません」

何度謝っているのだろう。助けた側なのに……とむくれていたら、今度は圭鳳が朱麗をじっと見た。なんだろうか。引きつった笑いを浮かべてみると「その額はどうした？」と指差される。

「赤くなっているが。まさか怪我でもしたのか?」

「ええ……虫に刺されたか、肌に合わない香油にでもかぶれたのでしょう。そのうち治ると思います」

「都によい軟膏《なんこう》がある。戻ったら買ってやろう」

「え、あ、あの。そんな、陛下から施しを受けるなど」

「助けてもらった礼をしなくてはならんから」

腹を触った圭鳳はまた舌打ちをして「まだ痛いな」と呟いた。

「朱麗様」

廊下から劉先生の声がした。食事から戻ってきたのだろう。訝《いぶか》しげに首を傾ける圭鳳に「玉岳の医者です」と説明する。

「劉先生は玉岳いちの名医です。傷を放っておくことはできません。入っていただいても?」

圭鳳が軽く頷いたので、すぐに部屋の戸を開ける。細い目を思いっきり開いて、劉先生が立っていた。道具入れの鞄《かばん》と、杯と急須が載った盆まで取り落としそうになった。

「陛下、お目覚めになったのですか?」

盆を受け取りながら朱麗が頷くと、劉先生は「はわわ」と驚いた。

「立っておられるではないか」

「そうなのです。出血が多かったわりに意外とお元気というか……」

ふたりでこそこそと話しながら部屋に入る。劉先生は圭鳳の前に跪《ひざまず》いた。

「皇帝陛下に拝謁いたします」

「そなたが劉か。手当を感謝する」

「勿体《もったい》ないお言葉」

跪いた劉先生を立たせ、圭鳳は寝台に腰を下ろした。立ったり座ったり、自然に動いていて意識がなく寝ていたのが嘘のようだ。劉先生もますます目を丸くしている。

「あ、あの、側近の方は別室で眠っておられます。一命を取りとめた様子です」

「そうか」

受け答えも淀《よど》みがない。朱麗のまじないで、こんなにすぐ回復するわけがない。あの昏睡《こんすい》状態からこうして動けている圭鳳の回復力は驚異だった。

「劉先生、陛下は傷が痛むようです」

「そうですか。では痛み止めを処方しましょう」

先生は道具入れから薬の包みを出した。圭鳳はそれを受け取って注意深く観察した。

「陛下、私が毒見をいたしましょう」

「いらん」

「でも」

「余計なことをするな」

人がせっかく気を使っているというのに、この言い草はなんだろう。本当に癪に障る。

朱麗の申し出に対してぶっきらぼうに答え、包みを開けて徐《おもむろ》に薬を口に入れる。

その様子を、固唾をのんで見守った。

「陛下、脈を見させていただけますか？」

圭鳳は無言で腕を出す。上半身を見ていて思ったが、やはり鍛えられて綺麗に筋肉がついている。船室での太刀筋も相当美しかった。美しいだけでなく強くしなやか。圭鳳にその気があったなら確実に仕留められていただろう。受け止めて体が痺《しび》れたとき、死を覚悟した。

じっと手を見つめ、あのときの痺れを思い出す。この男は肌にまとわりつくような死の臭いがする。だからかもしれない。

目の奥に黒い炎を宿す皇帝を、私は生かそうとした。

「うむ。たしかに運ばれてきたときよりは回復なさっているようです。ですが、どうか無理はなさらずに。腹の傷も塞がっていないのですから」

「はいはい。さすがに医者のいうことは聞かないといけないな」

「申し訳ございません。陛下のお体を心配するあまり……」

「よい」

ふたりのやり取りの声だけを聴いていた。顔を上げると圭鳳と視線が合った。ほんの数秒、探るように見られたが逸《そ》らされる。

「劉。俺は腹が減った」

「え、あ……申し訳ございません！　気がつきませんで。ただいま頼んで参ります」

「劉先生、私が」

「朱麗様は陛下のおそばに。わしが行ってまいる！」

劉先生は慌てて立ちあがり、部屋を出ようとした。圭鳳に「待て」と呼び止められる。

「魚がいいな」

「はっ！　承知しました」

先生、なぜかとても嬉しそう。劉先生が支度をするのではないのだが。まぁ斗森がいるから大丈夫だろう。圭鳳とふたりだけになった部屋に静けさが漂う。そっと立って、窓を細く開けて風を入れた。鳥の囀《さえず》りに耳を傾けている圭鳳の横顔を盗み見る。腹の傷が痛いだろうに、表情はあまり変わらない。

玉岳の穏やかな時間の流れに、不意に入ってきた圭鳳の存在。大昔のこととはいえ、皇帝に追放された一族の中にいるのはさぞ居心地が悪いだろうに。

「……静かだな、ここは」

「陛下にとっては退屈でございましょう。申し訳ございません」

「いいところだという意味だ」

「……ありがとうございます」

褒めたように思えない口ぶりだ。再びちらりと圭鳳を見ると顔にかかった長い髪に手をやってため息をついている。首の肌も綺麗だし、爪も澄んだ撫子色。剣を握ってきた朱麗の手は豆だらけなのにこの男は不思議な人だ。

会話が途切れた。

朱麗自身、皇帝となにを話せばいいのかわからない。こんなことなら先生と一緒に部屋を出ればよかった。圭鳳は「ふわぁ」と欠伸《あくび》をしている。

もう一度眠らないだろうか。その隙に部屋を離れたい。

「陛下。もしよろしければなにか読み物でもご用意しましょう。食事の仕度をお待ちいただく間だけでも」

「静けさの中で読書もいいかもしれない」

「そうでございましょう？」

圭鳳が「じゃあ頼む」と言ったので心の中で拳を上げる。

「承知しました」

朱麗は大急ぎで自室に戻り、本棚から適当に見繕う。数冊を抱え部屋を出た。娯楽本や図鑑、羅賀の歴史書などは玉岳にも流通がある。羅賀城蔵書には敵わないだろうけれど、屋敷の書庫にも本がたくさん並んでいる。もし手持ちの本がつまらないと文句を言われたら書庫へ行こう。

小走りで圭鳳の元へ戻った。部屋へ入ると圭鳳はまた欠伸をしていた。よし。これを読ませて眠らせよう。朱麗は机を引っ張って寝台のそばへ置く。圭鳳の手が届くように、本を並べた。

「こちらをお持ちしました。どうぞ」

「すまんな」

圭鳳は棚に積まれた本をざっと眺めて、そのうちの一冊を捲《めく》っている。好みのものがあればいいが。文字を眺めているうちに眠ってくれ。

「……これは？」

圭鳳が本を捲る手を止めた。紙が挟まっていたようで、広げてじっと見ている。

「なにかございましたか？」

「これはなんの花だ」

なにがあったのだろうと圭鳳の近くへ寄って紙を覗き込むと、花の絵だった。さっと血の気が引いた。母へ渡したあの絵だったからである。挟まっていたのは地形の本。朱麗が好んで読むものではない。記憶がないけれど、母の遺品のうち見たくないものを無意識にこの本へ挟んだのだろう。

「牡丹か。きみが描いたのか？」

「違います」

「母上へ、朱麗と書いてある」

そんなものを書き残した自分を呪う。間を置いて「……はい」と小声で答えた。

見られてしまっては仕方がない。

「うまく描けている」

「母の遺品です。これは私が幼い頃母に贈ったもので、牡丹は子孫繁栄の願いが込められます」

へぇ、と圭鳳が興味深そうに見入っている。

「母親に描いたということは、そのとき子を望んでいたのか？」

なんか余計なことを言ってしまったかもしれない。舌打ちしそうになり堪える。

「もしかして、きみの弟の誕生に絡んでいるのか？　この牡丹の絵は」

「絡むなんて大袈裟《おおげさ》な。ただのまじないです」

ふうん、へぇ、と唸りながら圭鳳は牡丹の絵をいろんな角度から見ている。

眠ってもらおうと持ってきた本が逆効果になってしまった。圭鳳の勘はこんなときだけ冴《さ》えわたるようだ。この話を終わりにしたい。

「申し訳ございません。違うものをお持ちします」

「いや、本はもういい」

本はそのままにして、朱麗は牡丹の絵を取り返し小さく折り畳んで懐へ仕舞う。

「どうして隠す」

「いえ、あの」

　よこしなさいと手を伸ばすので、仕方なく従った。圭鳳は牡丹の絵を取り上げてしまう。広げて何度も頷く。

「うん、いい絵だ。この絵を買おう」

「いけません、捨ててください！」

「なぜ？　子どもの絵にしてはよく描けている。大きな声では言えないが、実は俺は絵を収集するのが趣味なのだ」

羅賀の皇帝にそんな趣味があるとは初耳だ。まわりに隠している趣味があるのは朱麗と同じだと思った。

「で、でも！　素人が描いたものを陛下の所蔵品にしていただくのは恐れ多くて！私は絵師ではございません」

「ただの絵ではないではないか。思いが込められている。母の願いを叶えてやりたくて描いたのだろう？」

「お……おっしゃるとおりなのですが」

朱麗の抵抗空《むな》しく、牡丹の絵は圭鳳の懐へ納まる。返してくれそうもなく、冷汗が出てきた。

「なぜそのように嫌がるのだ」

「このように絵を描く趣味がある旭氏の者はその……羅賀の歴史の中ではあまりよくは言われていませんので」

「ということは隠れて描いているのだな？　しかし、絵を描くのは個人の趣味だろう？　きみは己の一族を蔑むのか」

「旭氏に生まれたことに誇りを持っていますが、陛下にとってはあまりいい気持ちがしないでしょうから」

「大昔の話だろうが」

圭鳳は頬杖《ほおづえ》をついて窓のほうを見ている。

「何代も前の皇帝が追放したのだ。俺には関係ない」

持ってきた本には興味を失くしてしまったのだろうか。もしくは牡丹の絵でいらぬ警戒をさせてしまったか。

「弟は絵を描くのか？」

声をかけられて朱麗は顔を上げる。

「い、いいえ。描きません。私はその……趣味で」

墓穴を掘っている気がする。圭鳳にまじないをしたことと、朱麗が絵を描いていることを繋げて、悪いほうへ考えて欲しくなかった。まじないをしたことを勘繰られてはいないだろうか。不安で鼓動が速くなる。

「まじないを信じるのか？　きみの弟も」

「陛下、なぜそのようなことをお思いに？」

「質問を質問で返すな」

「申し訳ございません。……弟は絵を描きません。それにまじないもあまり……」

なにを考えているのだろうか、この男。さっきから斗森のことばかりを聞く。まさか狙っているのか？　現城主は余命いくばくもない状態で、次期城主は斗森。なにか思惑がある？　探ろうとじっと男の目を見る。相手は皇帝、本来なら無礼なことだが圭鳳はなにも言わない。

「その、陛下。弟を斬ろうとしたのはなぜですか？　手前にいたのは私なのに。ここが玉岳だからなにをしてもよろしいと？」

問うと「なんだ？」とこちらを振り向く。

「なにをしてもいいなんて思わない。昔の知り合いに似ていたって言っただろう。だからつい斬りかかってしまった。流れ着いたのが玉岳だったのは偶然だ」

「昔の部下とは……陛下を嵌《は》めた者のことですか？」

「そんなところだ。でも、似ていると思ったのは気のせいだ」

気のせいで斗森は命を落とすところだったのか。ふざけるのもいい加減にしろ。

喉まで出かかって呑み込む。

「もしかして怒っているのか？　悪かったって謝ったじゃないか」

見かけとは裏腹に少年っぽさの残る物言いに、またムカムカと怒りが沸く。相手が皇帝じゃなかったら殴って全裸にしてへそのまわりに絵を描いてやるところだ。

「お、怒っているな。その顔。なんでも申してみろ」

「く……！　怒っているというか！　弟を気のせいで、わけもなく斬られそうになったのですから！」

「怒っているんだろう？」

「そりゃあ！　怒っていますよ！　陛下は勘違いとか気のせいで側近たちを殴ったり斬ったりして、あー悪かったねごめんねごめんねーで済んでいたのですね。いやもうさすが皇帝陛下！　しかしながら性格が悪いんじゃないでしょうかっ」

一気に言うと、圭鳳は目を丸くしている。言いすぎたかなと思って息を止める。

「……皇帝に向かって放つ言葉じゃないな」

クツクツと笑う圭鳳は、腹をおさえて「いてて」と顔をしかめた。ずっと痛がっていろ、迷惑料だ。死ぬかもしれないと心配して損をした。

「陛下は私をからかっていらっしゃるのですね」

「からかってはいない。きみは面白い女子だな。久しぶりに心から笑った」

「女子とか関係ありません。私は真面目に話しています！」

「我慢して育ったのかねぇ。それほどの怒りなら俺が斬りかかったときに首を刎《は》ねればよかったものを」

「……まさか」

圭鳳は「冗談だ」と鼻で笑った。

「なぜ旭氏を滅ぼさなかったのだろうな。当時の皇帝は」

「わかりません。陛下のほうがご存じなのでは？」

「知るわけがないだろう。俺の父の父の父の……そのもっと前のことだぞ？　当時のお抱え絵師がしでかしたことを明るみに出せない理由があるのだろう。信頼していた相手に裏切られたとあれば。それこそ闇に葬られているだろう。もしも誰か真実を知っていたとしても生き残ってなんかいない」

吐き捨てた圭鳳は「クソが」と吐き捨てる。彼の立場を慮《おもんぱか》ると少しだけ同情する。先帝、そのもっと前の皇帝の残したものが意にそぐわなくても従わねばならない。やりたいことを心から楽しむこともできないだろう。そう考えると朱麗と似ているのかもしれない。

「その……絵師のことですが、羅賀城や言い伝えにも残ってはいないのですか？」

「ない。余程不名誉なことなのだろうな。旭氏になにか伝えられていないのか？」

「一族の文献にはなにも残っていません」

知りたいと思ったこともあったけれど、一族の不名誉を書き残す者がいなかったのだ。当時の旭氏の置かれた状況からすれば、圭鳳が言うように元凶となった絵師を闇に葬ることで歩き出す糧としたのかもしれない。

「過ぎ去った日を思うより、私たちは玉岳でこれから先の未来、静かに暮らしていければそれだけでじゅうぶんです」

「賢明だ」

「先祖の犯した罪は消すことができません。ただ、私たちは生きています。命尽きるその日に旭氏に生まれたことに対して恨み言を残したくないので……」

「ふうん。まじないをして命を終えるのか？」

「そうかもしれませんねぇ」

おどけて言うと、圭鳳は少し笑った。

「聞きそびれておりましたが、陛下は何年か前に玉岳を訪れたことがございますよね？」

「そうだったな。あれは皇后の里帰りに付き合ったついでだ」

「皇后陛下の？」

「どうしても一緒に来てくれと言われて仕方なく。紗央《しゃおう》は南部の彩海《さいかい》出身だ。都に戻る道すがら、玉岳の景色を見てみたいとねだったのでな」

「そうでしたか、皇后陛下もご一緒だったのですね。当時まだ私は幼く、記憶が定かではないのです」

「俺の隣にいたのに忘れられているとは。それを聞いたら紗央はきっと不機嫌になるだろうな」

「……申し訳ございません」

皇后の名は紗央。彩海は海沿いの洋氏《ようし》が治める領地だ。

「玉岳の魚は肌にいいし、水も空気も美容にいいとかなんとか。俺はあまり興味がないが、女子は大好きだろう、そういうの」

と言われても、朱麗もあまり興味がない。曖昧に微笑んで、紅すら引いていない己の唇を引き結ぶ。

「嫉妬深いのだ、紗央は。後宮入りし妃となって、懐妊がわかり皇后冊封となったが、無事に生まれてこなかった。それから嫉妬深さが増した」

なるほど、子がないのはそんな不幸があったからなのか。興味本位で聞いていい話ではなかった。

「存じ上げませんでした。申し訳ございません」

「謝らなくてもいい。懐妊も流産も間がなく公にしていなかったからな。知らなくて当然だ」

「……心を痛めていらっしゃるでしょう。陛下を深く愛しておられるのですね、皇后陛下は」

まさか、と圭鳳は首を振った。

「違う。自分よりも幸せで美しいものに嫉妬するのだ。あの時、砂浜に座って絵を描いていた娘がこんなに美しく育っていることを知ったら、どう思うだろうな」

絵を描いていたことを覚えているとは。朱麗は圭鳳の隣に紗央がいたことを忘れているというのに。

「陛下、お戯れを。私は美しさなどとは程遠い女子です」

「謙遜ではないか」

「踊りではなく馬を駆り、扇子ではなく刀を振るいます」

「勇ましくてなによりだ」

「そうでなければ一族を守れません」

「なぜ守る？」

「ここは自然豊かな土地。賊が狙うため体を張って守る者たちが必要です」

圭鳳はまた「ほう」と言った。

「城主からなにも聞いていないな。きみは一族を守る戦士だったのか」

「玉岳は辺境の地ですので、陛下がご存じなくても仕方ありません」

「そう言うな。旭氏を追放したのは昔の話だ」

「申し訳ございません。陛下を責めたつもりは……」

まぁいい、と圭鳳は興味がなさそうに呟く。機嫌を損ねてしまっただろうか。圭鳳の気さくさに皇帝だということを忘れそうになる。黙っていると「それなら」と圭鳳はなにかを思いついた様子だ。

「皇帝軍から警備軍を組織して、玉岳に駐屯させよう」

あまりにさらりと言うので、耳を疑った。現実離れした話だった。

「……なぜそのようなことを？」

「手厚い介抱への礼だ。ついでに都まで送ってくれたら、入り江の防犯工事資金も用意しよう」

「そんな！　警備や金が欲しくて陛下をお助けしたわけではございませんよ」

「素直に受け取ればいい。金が欲しいと誤解をされたくないのなら、別な案もつけよう。これならどうだ？」

圭鳳は人差し指を立てる。長い睫毛《まつげ》の先がこちらを向く。

「これから先ずっと、玉岳の旭氏は皇帝軍で守るとしよう」

「どういうことですか？」

「羅賀の皇帝が出先で襲撃された。遺体は見つかっておらず行方不明。しかし、負傷しながらもなんとか逃げ延びた皇帝は玉岳に流れ着く。助けたのが数百年前に当時の皇帝を陥れようとして死んだ男の出自、追放された旭氏末裔《まつえい》の娘。ここまでは合っているか？」

「おっしゃるとおりです」

「おもしろいだろう？　俺ときみ、なんだか運命を感じてしまうじゃないか」

は？　と朱麗は首を傾げた。圭鳳の人差し指は朱麗の鼻先だ。

「皇帝は怪我を癒し、都へ無事に帰還する。助けてくれた旭氏の娘を連れて」

この男はなにを言っているのだろうか。意味がわからず、微笑みも気味が悪くて朱麗は身構える。いや、意味はわかる。ただ、突然すぎて考えが追いつかない。

「その、出会いのときに斬りかかられたことは、どのように解釈したらよろしいでしょうか？」

「そこは脚色をしろ」

「よくわかりません」

「おいおい、鈍感すぎないか……俺は口説いているのだが。わからないか？」

「……口説かれたことがないもので、わかりません」

「なんだと、そのように美しく生まれてなにを言うか。相手の話をきちんと聞かなかっただけではないのか」

想いを告げられても袖にしてきた男たちがいたことは確か。心がひとつも動かなかったからだ。玉岳でずっと暮らしたいと思っているのに、一族から婿を取って子を生《な》し、家族になることもできるのに、なぜ、そうしないのか。自身を隠し、皆を騙《だま》して生きているからだろうか。

「私に……後宮に入れとおっしゃるのですか？」

「その言い方は色気がない」

じゃあなんだというの。兵士でもない。皇帝軍に女はいらない。

「お会いしたばかりでよくわからないですし、その、なんとお返事をしていいのか」

圭鳳は黙っている。

領地に駐屯兵を配備する法は、皇帝の妃を出した一族が統治する地域へ適用される。世継ぎを産めばもっと手厚い。圭鳳と紗央のあいだには子がまだない。紗央が現時点で懐妊していなければの話だが。圭鳳に何人の妃がいるのかは知らない。

黙り込んでしまった朱麗の手を、圭鳳の大きな手が包み込む。思わず引っ込めそうになったが、強い力で握られて動けなかった。

「初対面ではない。きみが幼い頃に会っている。これは再会だ」

圭鳳の言うとおり。幼かった娘が成長して偶然皇帝を助けた、なんていう話も付け足される。

「きみが皇帝の妃になることは旭氏の名誉回復にもなろう。どうだ？」

「妃ですって？　名誉回復？」

「そうだよ。今回俺に傷をつけた奴らを踏み台にしてみては？　俺は生きて都に帰るのだ。言っただろう？　皇后に死なれちゃ困ると」

「覚えております。皇后陛下のことは……え？」

もしかして。視線を跳ね上げると「お、察しがいいな」と圭鳳がにやりと笑う。

「陛下を狙ったのは、もしや」

「だから俺は帰る。殺したと思っていた者が元気で帰ってきたら、どんな顔をするんだろうな」

「そんな……なぜ陛下のお命を？」

「さあね。心当たりがありすぎる。だから、わざわざ大掛かりなことをして山奥で俺を殺そうとした動機を聞かせてほしいね」

驚いた。知らせを飛ばさなかったのはそのためか。

「陛下、どうしてそんな大切なことを私に教えてくださるのです？」

「……さぁな。どうしてだろうな。まぁ、俺たちだけじゃ戻れないからな。きみの協力がどうしても必要だ」

「復讐《ふくしゅう》のためですか？」

「他になにがある。きみは一族を守るため。悪くない話だと思うが。未来の城主には弟がなるのだろう？」

「父が死ねばそうなります」

「離れていても一族を守ることはできるだろう」

「私も……そう思います」

「ならば」

そこで言葉を切り、圭鳳はこちらへ手を伸ばす。

「私のところへこないか」

相手は皇帝。朱麗に選択肢はない。名誉な話なのだから、断れば怒りを買うだろうか。そうなると、もしかしたら玉岳がなくなるかもしれない。

「ちょっとお待ちを！　急なお話で……陛下は私に興味があるわけじゃないでしょうから、なにがご希望なのでしょう。玉岳の資源ですか？　それとも旭氏の兵？」

「魅力的ではある。でもほしいのは朱麗だ」

歯が全部抜けてしまいそうだ。正直気持ちが悪い。眩暈《めまい》がしてきた。なんなのだ、この男は。

「もしかして、昔の言い伝えとか……？」

彼がここへ運ばれてきたとき、まじないをした。やはり悟られているのでは？　なんだか嫌な予感がした。しかし、圭鳳は「なにを言っている」と首を捻《ひね》る。

「願いを叶える一族というやつか。まじないだと申したのはきみだろう？　俺はそんなものを信用しない。絵を買ったのはいいものだからだ」

「ですが、その」

「さっきまで威勢がよかったのにどうしたのだ？　あれこれ理由をつけて、論点がずれているぞ。結局はどうなのだ？」

確かにそうだ。ちゃんと考えなくては。

返事をしようと息を吸ったとき「お食事の用意ができましたぁ」と斗森と沙那たちの声がした。複数の足音と料理の香りがする。朱麗の手を放した圭鳳は、寝台へ戻ってどかりと腰を下ろした。

「も、申し訳ございません。騒がしくて無礼をいたしました」

もう少し静かにしろと窘めようとしたら、圭鳳が「よい」と朱麗を制する。

手招きされたのでそばへ寄る。

「……返事はあとでかまわない」

圭鳳に息が止まりそうになってしまった。

「腹が減って仕方がない。入れ！」

圭鳳は屋敷の者たちを部屋へ入れてしまう。寝台に座る圭鳳は、食事の準備が整うのをじっと見ていた。斗森は時折こちらに手を振っている。やめなさい。恥ずかしい。

膳は急ごしらえにしてはかなり豪勢なものだった。厨房《ちゅうぼう》の者たちががんばったのだろう。

あとで労《ねぎら》ってやらねば。準備が終わり屋敷の者たちがいなくなり、斗森だけが残った。圭鳳は怪我をしていると思えないほどの身のこなしで立ち上がり、座卓の前に座る。そして並べられた料理に、毒見もさせずに箸をつけた。

斬られた腹の傷から食べ物が出てしまわないだろうかと心配せずにはいられないほどの食べっぷりだった。よほど空腹だったのだろう。

「姉さん」

呼ばれて振り向くと、斗森が立っていた。

「準備ありがとう。斗森」

「うん。ちょうど漁から戻った船がいたから助かった。大漁だったんだ。茶のおかわりを運ばせるよ。あとは任せたから。父上がまだ眠っていて話せてないんだ」

「こちらは心配いらないわ」

「うん。……ねえ、姉上。素敵な方だよね。陛下って。強くて」

頬を赤らめながらちらちらと圭鳳を見ている。憧れの眼差《まなざ》しは曇ってはいない。

私が後宮入りするかもしれないと知れば、斗森は止めるだろうか。それとも行けというだろうか。

「そうね……」

「父上の様子を見てくる」

そう言い残して斗森は部屋を出ていった。圭鳳を見ると閉まった戸をじっと見つめている。

「いくつだ。弟は」

「十五です。まだ幼くて、陛下に失礼がありましたら申し訳ございません」

「そう何度も謝るな。咎《とが》めてはいない。いい若者ではないか」

朱麗もそう思う。斗森がいれば旭氏の未来は安泰だ。まだ幼いけれど、きっといい城主になる。明るく真っ直《ます》ぐな性格で、弓矢の名手。父親に似たのか年のわりに体格もよく体も丈夫だ。刀を振り回す姉と大違いだ。

父も斗森しか見ていない。娘には未来を望んでいない。それでいい。私は斗森の助けになれればそれでいい。弟が、旭氏の皆が安心して暮らせるよう守ることができればそれでいい。小さくて誰の目にも留まらない私の存在意義だ。

食事をする圭鳳の目はなにを見ているのだろうか。この男についていけば。己の返事ひとつで、一族をこの先ずっと守ることができる。この身を与えさえすれば。

「陛下。お伺いしたいことがございます」

「なんだ」

茶のおかわりを貰《もら》いながら、圭鳳は小魚を口に入れる。

「後宮ではその……絵を描いてもよろしいでしょうか？」

「……かわまぬ。それが望みか」

「私の唯一の楽しみです。ここではできないことをしたいのです」

ふうん、と圭鳳は食事を飲み込む。

「他人のためにも描けるか？」

「ご所望であれば。陛下のために描きます」

「いいだろう」

「ありがとうございます。この上ない幸せ」

「可愛《かわい》いことも言うんだな。よし、それなら言い伝えをなぞらえようか」

どういう意味だろうと首を捻《ひね》ると圭鳳は朱麗の手を取った。

「朱麗、きみはこれから皇帝の絵師になれ。五百年の時を経て、私の元へくるがいい」

静かな声で圭鳳はそう言った。下がっていった侍女が、廊下で食器を落とした音が聞こえる。

第二章　幾年《いくとせ》

圭鳳が玉岳へやってきて半月。

腹の傷は順調に回復している。順調どころか、驚異の回復力でほぼ全快している。劉先生は驚きつつも安心していた。

「陛下のお体は回復が早いですな。やはり徳のあるお方でございます……無理は禁物ですが。いかがです？　痛みは」

「うん。力んだりすれば痛むが、まぁ耐えられないこともない」

今朝の劉先生の診察では、圭鳳は顔色もよく、大怪我で命を危ぶまれる状態だったことを微塵《みじん》も感じさせない。

羅賀の皇帝が玉岳にいるという話は、城主の屋敷にいる者たち以外には知られたくなかったが、あっという間に広がってしまった。入り江に船が停泊しているからである。

「陛下、無理はなさらないでください。これ以上なにかあったら私の寿命が縮みます」

側近の功弥は下がり眉をさらに下げている。彼の足の傷は思っていたよりも軽傷だった。意識を取り戻したあと、三日後には立って歩いていた。ただ、やはり無理はさせられない。

「功弥さん、陛下が目覚めたと聞いたときわんわん泣いていたもんね」

「斗森殿。それは言わない約束でしょう……」

「そんな約束していませんよ」

功弥は斗森に任せている。功弥はひょろりと背が高く、物静かな男だ。斗森とは十ほど年が離れているそうだがなんだか気が合うらしく、気がつけば一緒にいるようだ。斗森と功弥のやり取りを微笑ましく聞いていると、圭鳳が「腹が減った」と言った。

「このあとすぐにご準備いたします。早朝に猪《いのしし》が獲れたのですよ。早速、玉岳の汁物を作ってもらっています」

そう説明をすると、圭鳳は嬉しそうに頷いた。

「朱麗が狩ってきたのか？」

「いいえ」

「俺は朱麗が狩った猪が食べたい」

「猪は誰が狩っても猪です」

わけのわからない我儘《わがまま》にむっとしていると、なにが面白いのか圭鳳はにこにこしている。なんなのだ。

なぜか朱麗は常に圭鳳のそばにいる。眠るとき以外はこの部屋にいるといってもいい。仕えろと命令があったわけではないが、目を離してはならないような気がしたからだ。護衛と思えばいい。これは任務だ。うん。玉岳にいるうちは我々のことを信用してほしいし、平たく言えば指示に従ってほしい。たまに黙って寝ていろと思うこともある。

「朱麗はつれないなぁ」

茶を持ってきた屋敷で働く娘が二人、戸を開けたままでこちらを覗いていた。目当てはもちろん圭鳳。圭鳳はふたりに手を振って、ふたりはきゃあと声を上げた。

「こら。持ち場に戻りなさい」

窘めると「すみませーん」と駆けていく。

「可愛いではないか。なぜ追い払う？」

「陛下が気さくすぎるのです！　皆の気持ちが緩んでおります。やんごとなき理由でここに滞在しているとはいえ、気軽にのぞき見したり話しかけたりしてはならないお方だというのに」

「おや。やきもちを焼いているのか？」

「はい？」

「他の女子に気安く話しかけるなんてと心配しているのではないか」

「……黙れ……」

「なんだって？」

「なんでもございません！」

けらけらと圭鳳は笑っているが、朱麗は心が重い。女子ひとり連れて帰ることをなんとも思っていないのだろうか。

圭鳳の回復は、都に帰る日が近づいてきているということだ。朱麗は圭鳳についていく。それが玉岳と旭氏を守ることになるから。こんな大事なことを勝手に決めるなんて、正気の沙汰ではないと思われるかもしれない。近いうちに皆に伝えなければならない。

食事が運ばれてきた。劉先生が道具を片付け、部屋を出ていこうとしたときだった。

「功弥」

はい、と功弥は圭鳳の声に耳を傾ける。圭鳳は猪の汁物を口にして「美味しい」と唸った。

「数日中に都に戻る」

「承知しました」

ついにきたか。朱麗は息を呑む。斗森はぐっと顎を引いて「陛下」と声をかける。

「すぐに帰途の準備をいたします。馬と馬車、護衛と食料は旭氏でご用意をしますので」

「恩に着る」

何人組織するか、馬は何頭必要かなど、斗森と功弥が話し合っている。それを横目に朱麗は席を立った。圭鳳に呼び止められる。

「どこへいく」

「父上のところへ。話をして参ります」

圭鳳に一礼をして部屋を出た。

屋敷の者たちがせわしなく働いている。いつもなら斗森が弓術を教えている子どもたちがきているのだが、圭鳳がいるので部外者は立入禁止となっている。

代わり映えのない日々、穏やかな時間に割って入ってきた圭鳳。ついていくことは確実に嵐に身を投じるというのに。なぜだろう。

「……心が弾む」

絆《ほだ》されたか？　「ほしいのは朱麗だ」と言われて？　いや、違う。圭鳳についていくのは自分の意思。圭鳳は復讐を願い、朱麗はその手伝いをする。旭氏を守りたい。その昔、皇帝に謀反を犯し追放された一族だという汚名を晴らしたい。ほかの地方の一族と同じように普通に暮らしたい。隠れたり、我慢したりするのではなく。

父の部屋の前まできたときだった。部屋の戸が開いて、劉先生が押す車椅子が出てきた。座っていたのは父だ。顔色は悪かった。

「起きていたんですね。大丈夫ですか？」

「ああ。陛下がおられるのに寝てはおれん。気持ちが引き締まっているからか、具合はよいのだ」

「あまり無理をなさらないでください。劉先生、よろしくお願いいたします」

「城主の強い希望でして」

劉先生の表情からすると、父はあまり調子がよいわけではなさそうだ。圭鳳が屋敷に来てから一度も見舞っていないことを気にかけていたのだが、自分も病床の身、仕方がないと説得していたのに。

劉先生に代わって父の車椅子を押して廊下を進んだ。車椅子は軽く、まるでなにも乗せていないかのよう。圭鳳の部屋まで戻ってくると、中から笑い声が聞こえた。

「陛下。朱麗です。城主がお会いしたいと申しております」

入れ、との声のあと斗森が戸を開けた。父の姿に驚いているようだ。その向こうに、肘掛けにもたれる圭鳳がいた。朱麗は車椅子を押して部屋に入る。

「このような姿で申し訳ございません。陛下」

父の声はかすれてよく聞こえない。圭鳳は立ち上がって、こちらに歩いてきた。立とうとする父を「よい」と制した。

「城主、久しいな。何年振りか。こちらこそ世話になった。おかげで体もよくなった」

「勿体ないお言葉です。この度は本当に……よくぞご無事で」

怒濤《どとう》の日々だったので、朱麗は不思議な気持ちで圭鳳と父のやり取りを見ていた。

飄々として皇帝と思えぬ気さくさで、側近に嵌められて殺されそうになったことなどつい忘れてしまう。そうなのだ。圭鳳は皇后に命を狙われた。他言してはならない秘密だけれど。

父は斗森を手招いた。

「このようにままならない体ですので、あとはこの斗森になんなりとお申し付けください。一族のことは息子に任せております」

父はそう語り、圭鳳はにこりともせずに聞いていた。

「斗森が次期城主か？」

「おっしゃるとおりでございます」

圭鳳が「そうか。旭氏は安泰だな」と言うと、斗森は誇らしげだ。

「では城主。我々は都に帰る。傷もだいぶよくなった。城主にも会えたことだしな」

「承知いたしました。土産の支度なども整えますので」

「土産はいらぬ」

「そ……そうおっしゃらずに、田舎ではありますが玉岳には特産品がたくさんございますのでぜひお持ちいただいて。皇后陛下にも香などを」

「いらぬ。俺が欲しいものはただひとつ」

圭鳳が視線だけをこちらに向けた。朱麗はそれを受けて、圭鳳に向かって跪いた。先に父に話をしようと思っていたが、斗森もいるこの場で知らせたほうが早く済ませられる。

「朱麗を伴いたい」

あわ、あわ、と父は口を動かした。

「……朱麗を……ですか？」

父は濁った目を見開いている。驚きというよりも恐怖に慄《おのの》いているような表情だ。

「城主。そなたの娘、朱麗は絵が得意なのだな。なかなかいい腕だ。気に入った。絵師として後宮へ迎えたい」

圭鳳は懐からあの牡丹の絵を取り出した。父は益々《ますます》顔色をなくしていく。

「ほ、本当なのか、朱麗」

「はい。私の絵をよいとおっしゃってくださいました。それに陛下のお人柄に惹《ひ》かれました。お供したいと思っております」

棒読みになってしまう。まわりの皆がぽかんと口を開けている。男よりも男らしい旭氏城主の娘、朱麗が恋をしたという。しかも相手は皇帝。俄《にわ》かには信じられないといった様子だ。

惹かれてなどいない。愛だの恋だのではない。朱麗は旭氏と玉岳を平和な地のままにしたいから行く。この思いは圭鳳しか知らない。ついでに絵を描いてもいいのだから悪い誘いではない。

「姉さん、本気？　どうして」

割って入ったのは斗森だった。

「急にそんな！　姉さんは玉岳から離れたくないんじゃなかったのか？　ずっといるんだって」

「やめなさい、斗森。旭氏から皇帝陛下に仕える者が出るのだよ。光栄なことではないか！」

父がいなすが、斗森は目に涙を溜《た》めて「なんで、どうして」と訴えている。

「だけど！　急にこんな。父上は姉さんが心配じゃないのか？」

「斗森。反対しているのか？」

圭鳳は口を出す。「そんなことは……」と斗森はうなだれてしまった。

「陛下の御前だぞ。口を慎みなさい。不穏な歴史を持つ旭氏にとって身に余る光栄なのだ。よく考えなさい」

土色の顔に貼りついた笑みは、娘の後宮入りを喜ぶものではない気がした。

「この娘がまさか皇帝陛下の後宮へ入るとは。願ってもないことです」

うわ言のような言葉を、半分屍《しかばね》の父が吐く。

圭鳳はというと、頬杖をついてこちらを睨むように見ている。さて、どうする？

そんな声が聞こえてきそうだ。

朱麗は立ち上がって、頬を赤くして興奮している斗森の手を取った。

「驚かせてごめんね」

「なんなんだよ。俺なにも聞いてない」

「陛下とご一緒していたら、お仕えする新しい道が見えたの。私は私の仕事をするから、あなたはここでしっかりがんばりなさい」

半分嘘をついているからか、心臓が早鐘を打つ。斗森には青天の霹靂《へきれき》だろう。駄々をこねる子のように泣くことはしないでほしい。

「姉さん、陛下のこと好きになったのか？」

「そうね」

「無理矢理連れていかれるわけじゃないんだよな？」

「そんな方ではないよ」

「……酷い人じゃないってことは、なんかわかる」

まるでいたずらを見つからないようにする子どものように、こそこそと斗森は耳元で話す。

「ふたりになることも多かったし、俺、実はもしかしてって思ったんだよね……」

「当たっていたじゃない？」

「だったら先に話してほしかったな。急すぎるんだよ。水臭いな」

「ごめんね」

肩をすくめてみせる。本当に圭鳳を慕っていたのなら真っ先に斗森に相談しただろう。圭鳳に恋をしたことにしておくのが一番、皆が納得するだろう。それでいいのだ。

「お嬢様！」

沙那の声がした。壁に控えている沙那も突然のことで驚いた様子だが、あれほど結婚の話をしていたので嬉しいらしい。胸に手を置いて頷いている。

「沙那。いままでありがとう。あとはお願いね」

そう言うと、沙那は一緒に行くのではないと悟って顔色を変えた。旭氏の誰かと結ばれることを想像していただろう。予想とは違うが喜んでくれるだろう。それに沙那だってここで生きていきたいに違いない。だから置いていく。

「斗森。沙那のこともお願い」

「心配しないで。沙那はもう一人の姉さんだと思っている」

「ありがとう。安心して玉岳を出ることができる」

「でも、わかっているのか？　後宮へ入れば姉さんはもうここに帰って来られない」

「そうだろうね」

弟を真っ直ぐ見て答えると、斗森は「そうか」と頷いた。

「申し訳ございません、陛下。驚いて取り乱してしまいました」

「いや」

斗森は圭鳳に跪いて「姉をどうぞよろしくお願いします」と首《こうべ》を垂れた。圭鳳は黙って皆の反応を窺っているようだった。静かに寝台から降りて、斗森の肩に手を置く。朱麗は父を振り返ったが、疲れてしまったのか大きなため息をついている。ふと顔をあげた父と視線が合う。朱麗が微笑むと、父は目をそらした。


朱麗の急な後宮入りの知らせで玉岳は大騒ぎになった。

輿《こし》入れと勘違いをしている様子で、祝いの品が多く届けられた。すべては持っていけない。圭鳳にいたっては、玉岳の土産などいらないというし、大部分は屋敷に置いていく。

「朱麗様！　然言《ねんげん》地区の長と立石《りっせき》地区からも祝いが届きましたよ！」

沙那が大慌てで駆けずり回っている。「祝いってなに……？」と朱麗は首を傾げる。

「そりゃ、後宮入りとは皇帝陛下に見初《そ》められたということですからね！」

「違うって。あなたも勝手なことを言わないで。勘違いも甚だしい」

「玉岳に皇帝陛下が滞在中だと話は広まっていますからね。あと……涼谷《りょうこく》の村からも祝いが来ています」

村の名に思わず荷物の品書きを捲る手を止める。

「どうやって知ったんだろう？　涼谷なんてここから馬で二日はかかるのに」

「おせっかいが伝書鳩《でんしょばと》でも飛ばしたのでしょうか。涼谷はお懐かしいですか？」

「……そうだね」

ため息をついた。あの村から何人かが座学で屋敷に来ていたことがある。十三になるかならないかの頃だったか。朱麗にとっては苦い記憶だ。沙那が言う懐かしさとはきっとこんな気持ちではないだろう。あの頃はまだ幼くてただ日々が楽しければそれでよかった。過去に思いを飛ばしそうになったとき「時間が足りない！　忙しい！」という沙那の声ではっと我に返った。

「お嬢様。破れていたり血がついていたり、男物の服は荷造りしませんからね。これは廃棄。祝いの品で置いていくもの、お嬢様の私物でまだ使えるものは娘たちに譲りましょう。広場に集めて配るか……いや、そんな時間ないわ……ひとまず一か所にまとめておきます！」

「任せる。……ねぇ、荷造りやっぱり私も手伝うよ」

「お嬢様はお部屋から出ないでくださいませ。重い物を持ってはなりません。万が一なにかあれば私が陛下に叱られてしまいます。それにお支度は私の務め！」

沙那は鼻息荒く張り切っている。気持ちは嬉しいので彼女に甘えるつもりだ。鼻の頭に汗をかきながら準備に走る沙那の姿。こんな日常も見納めなのかと思うと寂しい。けれど沙那をはじめとする大切な人たちが安心して暮らせるならばいい。自分で決めたことだ。

圭鳳は功弥と斗森とともに、隣の部屋で帰りの行程を話し合っている。陸路と航路をより安全に組み合わせたいらしい。話に夢中だからこちらのことを気に掛けるわけがない。荷物の品書きばかり眺めていても退屈だ。沙那が寝室の奥へ行ったので、朱麗は立ち上がって部屋の戸をそっと開けた。すると目の前にひとりの侍女が飛び出してくる。「お嬢様！　すみませんっ」と謝るが、もじもじしながら困った顔をしていた。走ってきたのか乱れた呼吸を整えている。

「どうしたの、玲玲《りんりん》。なにか用？　ここには許可なく立ち入ってはならないと伝えてあるでしょう」

「申し訳ございません！　あの……どうしても朱麗様に会いたいという方が来ていて」

「誰だろう？」

「……涼谷の迅《じん》様です」

驚いた。迅は涼谷村長《むらおさ》の三男だ。祝いの品だけでなくまさか会いにくるとは。

「直接渡したい贈り物があるということですが、お預かりすると申し上げても駄目だとおっしゃるので……その、迅様はお嬢様の幼馴染《おさななじみ》でもございますし」

「いいよ、わかった。行こう」

「本当ですか、よかった！」

「あなたは涼谷の出身だものね。村長の息子の願いは断れないだろう。もういいから、持ち場に戻っていなさい」

迅はわかっていて彼女に頼んだのだ。卑怯《ひきょう》だとは思わない。目的のためなら最短距離を取ってくる男だ。朱麗は玲玲を帰して、いったん部屋を覗く。

「沙那、喉が渇いたから茶を貰ってくるよ」

声をかけても返事がない。部屋の奥でどたばたと、なにかと格闘をしている様子だった。部屋から出るなと言われたが、少しならいいだろう。廊下に誰もいないことを確認して、迅が待つという西の門へと急いだ。

門の前には二頭引きの馬車が停車していた。馬車を引くのは黒毛の立派な馬だった。

「いい子だね。お前たちの足なら二日を一日で来られるだろうね。お疲れ様、あとで飼葉をあげようね」

首のあたりを撫でてやると、機嫌がいいのか尻尾をぶんぶんと振った。

「久しぶりだな」

後ろで声がする。振り向くと日の光を遮って背が高く色黒の逞しい男が立っていた。腕組みをして朱麗を見下ろし、懐かしそうに目を細めた。笑う時に鼻筋に皺が寄るのは彼の癖だ。

「見間違えた。迅さん変わったね。昔はもっと細くて背丈も私と変わらなかったのに」

「きみはあまり変わらないな、朱麗」

そうかな、と肩をすくめる。ふたつ年上の迅は、旭氏の屋敷に座学に来ていたことがある。まだ父が負傷する前の話だ。ほかの兄弟や涼谷の若者たちのなかでもあまり目立たない存在だったのに。三男だから跡目を継ぐわけではないが、芯が強く頭がよかった。正直、長男と次男より村長に向いているのではと朱麗は思っていた。

「急な話だったから……ちょっと話ができればいいなと思ってな。馬をかっ飛ばしてきたんだよ」

「そうか。立ち話もなんだ。庭に来て」

「いいのか、入っても」

「少しなら大丈夫」

「城主はお元気か」

「うん。心配ありがとう」

西の門から入ったところに小さな池と東屋がある。朱麗はそこに迅を案内した。朱麗の部屋からも、圭鳳たちがいる場所からも離れているから大丈夫だ。

「出てきてくれたんだな。お嬢様にはお会いできませんよ！　って怒られたからだめだと思っていた」

「玲玲に頼むなんて、涼谷出身の彼女が断れないとわかっているでしょうに」

「門から覗いてたまたま通りかかったのが彼女だっただけだよ。しかし、後宮入りって決まったらずいぶん厳しいんだな。会えないと突っぱねられるしお屋敷は立入禁止だし。朱麗は部屋に鍵かけられて閉じ込められているのかと思ったぞ」

「鍵なんてかけられません。でも、用件を聞いたらすぐに戻る。部屋から出るなと言われているから、いないとわかれば沙那に叱られる」

「悪かったな。時間は取らせん。どうしても祝いを直接渡したくてな」

迅が懐から取り出したのは小さな包み。「これ」と手渡されて、開けてみると銀細工の耳飾りだった。涼谷は銀山で栄えている地域で、村では職人たちが銀細工の伝統を守っている。

「村には男に耳飾りを貰うと女子は幸せになるという言い伝えがある」

「……なんで私に。奥さんにあげればいいじゃない」

「可愛い妹にやるんだぞ」

その言い伝えは思いあっていればの話だろう。体格がよくなっても無邪気さは変わらない。私はあなたを兄と思ったことは一度もない。その言葉を呑み込み「ありがとう」と礼を言って包みを懐に仕舞った。

「奥さん元気?」

「ああ。いま腹に子がいる。婚儀の祝いに朱麗が描いてくれた薔薇《ばら》の花、秀鈴《しゅうりん》が気に入ってずっと飾っているよ」

「そう。よかった」

絵を描いてはならないという父の約束を破って描いた薔薇の絵。あの絵には色がない。未完成の絵だ。会ったこともない秀鈴という女性と迅の幸せを祈ったわけではなかった。

「玉岳は朱麗が後宮入りする話題で持ち切りだ。陛下に見初められるなんてすごいよ、さすが朱麗だ」

「見初められたわけではない……詳しくは言えないけれど役目があって、陛下にお仕えする」

「俺はそういう身分ってものに詳しくないから知らんが、後宮の女子たちは全員皇帝陛下のものだろうが。なんにしても名誉なことじゃないか。城主もさぞかし鼻が高いだろう」

父の顔がちらつく。迅にとっては尊敬する師でもある。父が、少しでも鼻が高いと思ってくれるなら嬉しいことだ。嫌われても煙たがられても、生きていてよかったと思える。

「好きなのか、陛下が」

「私には役目がある。妃になるわけじゃない」

「見初められたんだろう？　そりゃすぐお妃様じゃないのかもしれんが」

「そ……そうだけれど」

「……嬉しそうじゃないな。本当は嫌なんじゃないのか」

返事の代わりに迅に背を向けたら腕を摑まれた。

「じゃあ行くな。寂しくなる」

「……なにを言ってる。私の人生は私のものだ。場所がどこだって使命のために生きる」

突っぱねるように言うと迅はおどけたように「冗談だ」と手を放した。摑まれていた腕が熱を持っている。

「そういうところ変わってないなぁ。言い方も態度も」

「もっと女子らしくしろというんだろう」

「いや。朱麗らしくていいんじゃないか」

屈託なく笑う迅。昔はもっと自由に話ができたのに。迅から思いを告げられるまではよき友としていられたのに。会話が途切れたとき「お嬢様――！」と沙那の声が聞こえた。

「いけない、部屋にいないと気づかれたな」

「戻れ。俺はもう出ていくから」

「すまない。贈り物、ありがとう。大事にする」

行って、と促すと迅は手を振って背を向けた。歩みを進めてから足を止めて振り向いた迅は「元気でな」と笑った。

「幸せになれ。俺にはできなかったから」

迅は背を向けて門へ向かう。振り向きもせず、その背中は逞しかった。私の幸せなど祈らなくてもいい。朱麗はその場に立ち尽くす。沙那の声が何度か響いて聞こえなくなった。迅の姿が見えなくなった頃、後ろから足音が聞こえた。沙那だと思い振り向くと、歩いてきたのは圭鳳だった。

「へ、陛下」

「沙那が探していたぞ。部屋を抜け出してまで会いたいのは男だったか」

会話を聞かれていたのかと背筋が冷える。

「も、申し訳ございません……」

「責めてはいない。あの男を咎めることもしないから心配するな。別れを惜しむ者がいるなら会えばいい。色恋に無関心かと思えばそうでもないのだな」

「決してそのような間柄ではございません。彼は昔なじみの友人です。陛下が思っていらっしゃるような間柄ではありません。どうか、お許しを」

ほう？　と圭鳳はからかうような目を向ける。怒っているわけではなさそうだが、試されているようで少々腹が立つ。

「そのように庇うなんてあの男が羨ましくもある。ただの昔なじみじゃないのだろう？　恋人だったのか？」

「いや、あの」

「思い人か？　片恋かな。俺は木の陰から見ていたんだが、どうもあの男がきみに惚《ほ》れているように思えたんだが。どうだ？」

「どこからご覧になっていたのでしょうか……」

「きみが馬を撫でているとき、静かにあの男が近寄ってきて」

「そんなに前から……！」

「会話が聞こえなくてそばに寄ったのだ。実際聞き取れたのは奥さん元気？　あたりから途切れ途切れに。妻がいる男から惚れられているのか、それはまた不憫《ふびん》だ」

「陛下、盗み聞きなんて悪趣味です」

「なんだ、教えてくれたっていいじゃないか」

「それに私は迅さんのことを好きだとは一言も申しておりません」

「迅というのか、あの男は」

そっかぁ、と圭鳳は目を輝かせている。どうしても朱麗と迅を恋心で結び付けたいらしい。

「……夫婦になりたいと言われたのですが、私が応えられなかっただけです。彼には許嫁《いいなずけ》がいたので。それに私は城主の娘、玉岳のために戦うのが定めでしたから」

「なるほどな。城主の娘と村長の息子の恋か。許嫁から奪ってしまおうとは思わなかったのか？」

「私は迅さんに恋をしていたわけではありません。なんというか、兄というか」

「……ふうん。兄ねえ」

「私と彼は元々夫婦になる縁じゃなかったんです」

ふたりはまだ幼かった。

親の決めた許嫁を解消し、俺は朱麗と夫婦になりたい。月光の下でそう言われた時にあの手を取っていたなら、今頃どうなっていただろうか。想像ができない。ふたりの未来には色がない。

「祝いに絵を描いたと言っていたが」

「未完成の絵を贈るなんて、私の心は汚れています」

「なんの絵？」

「愛の象徴の薔薇です」

「言葉と裏腹だな。女心は難しい」

首を捻る圭鳳。後宮にはたくさんの女子がおり、全員が皇帝のもの。女子の気持ちを考えなくてもいいような気がする。

「私の愛は色がないのです」

ついそう漏らす。圭鳳はなにも言わなかった。

「……と、しゃべりすぎました。私のくだらない昔話など退屈でございましょう。屋敷に戻りましょう、陛下」

「昔、きみのように自分の未来に色がないといった奴がいた」

「ご友人ですか」

「まぁな。変な奴だったからな。朱麗も変な奴だ」

「じゃあ私も陛下の友人になれますでしょうかね、変人だから」

「ふん、なにを言っている」

朱麗は迅が出て行った門を見つめる。昔を懐かしむ気持ちはどうしても母や自由に絵を描いていた思い出を蘇《よみがえ》らせる。湿った心を玉岳の風が拭っていく。「戻るぞ」という圭鳳の呼びかけに従い、朱麗は屋敷へ戻った。

さよなら、迅さん。淡い思い出たち。私は新しい居場所で生きていくよ。


二日後。圭鳳と功弥、朱麗は整備された皇帝軍の船の甲板に立っていた。斗森率いる旭氏の護衛たち十人も一緒に乗り込んでいる。あまりに人数が多いと金もかかるし、人目に付く。斗森と功弥の判断だった。

入り江には祝福と別れの声が響く。こんなにたくさんの人たちが手を叩《たた》き、または涙し、私を見送ってくれている。本当は玉岳にずっといたかった。死ぬまでずっと。父と母に愛されなかったとしても。ここは私の居場所ではない。わかっている。大勢の人たちの中に父の姿はない。遠ざかる入り江、山の合間に見える青い屋根の城主の屋敷。皆の声が聞こえなくなっても、見えなくなってもずっと朱麗は船尾にいた。

蛇行する大河を船は静かに進む。圭鳳が乗ってやってきた船に、まさか自分が乗り込んで羅賀の都の永灯《えいとう》へ行くことになろうとは思いもしなかった。ひと月前までは賊を倒し、魚を捕り、大声で笑って、若者たちと駆けまわっていた。森と川の匂い、風の方向と湿り気、遠くで鳴る玉岳の時を知らせる鐘の音。すべて心の中に閉じ込めて私は行く。

「寂しいか」

声に振り向くと、酒を片手に圭鳳が立っていた。

「いいえ。寂しくはありません」

「やせ我慢だな。だから言っただろう。急に決めたことなのだから、あと十日ほど準備に当てればよかったのに。存分に別れを言い、話をすればよかったものを。なんだか俺が皆のお嬢様をかっさらっていく悪者のようだ」

「あまりゆっくりしていると、行きたくなくなる可能性もあったので」

「うーん。それは困るな」

「ですよね？　だからじゅうぶんなんです」

圭鳳は「せっかちな娘だ」と口を尖《とが》らせる。

「陛下もたった半月で私を連れ帰ることをお決めなさるなんて、せっかちです」

「決断力があると言え」

仲がいいなぁ、と笑い声が聞こえた。「お飲み物をお持ちしました」と、斗森が茶を、功弥が酒とつまみを運んできた。

「斗森。そんなこと私がやるのに」

「お妃様に給仕なんてさせられません」

「妃じゃないよ……でも、沙那もいないのだから……」

「だから、都に着くまでは俺とか護衛の男どもでやるって」

甲板に簡易的な机と椅子がふたつあり、そこに圭鳳と朱麗は座った。斗森と功弥は甲板に置かれた積み荷の木箱に腰掛けた。

「侍女も何人かつけることを提案したんだ。それなのに」

圭鳳は小皿に盛られた豆をつまんだ。

「陛下。私は身の回りのことは自分でできます。それに、誰も来たがらないと思います」

「ひとりくらい連れてくればよかっただろう？　ほら、あの元気のいい侍女を。なぜ置いてきた？」

「私はそんな身分ではありませんし」

「一応城主の娘だろう？　姉さん」

　圭鳳に味方するように斗森がそう言う。

「そうですよ！」

　どこからか女子の声がした。功弥が立ちあがって圭鳳のそばへくる。圭鳳も警戒をしている。

「……なんだ？」

　誰かいる？　この船に朱麗以外の女子は乗っていないはずなのに。

「置いていくなんてあんまりです！」

　また聞こえてきた。やっぱりいる。

「おい。その箱ではないのか？」

　圭鳳が指差すのは斗森が腰掛けていた木箱だ。縄で縛ってある。斗森が短剣を抜いて縄を切る。功弥とともに木箱の蓋を開ける。中から女子が立ちあがった。

「お嬢様ぁ！」

「なっ……沙那！」

　なんと積み荷に隠れて沙那が船に乗り込んでいたのだった。狭い木箱に入っていて苦しかったのか、顔が真っ赤だ。背負っていた自分の荷物を放り投げて木箱から出てくる。

「沙那、どうしてここにいるの！　戻りなさい！　斗森、引き返して！」

「引き返すって、姉さん」

「いやです！　私、お嬢様についていきます！」

沙那は朱麗に抱き着いた。

「置いていくなんてあんまりです。幼い頃からご一緒しているのに急にこんな！　ひとりで勝手に決めて、どうしてついてこいって言わないんですかぁ！」

「ちょっと沙那！　落ち着いてよ！」

「落ち着けるわけがありません！」

「あっはっは。愉快。なんとも騒がしい侍女だなぁ」

「陛下！　笑ってないでなんとかしてください」

「いい侍女を持ったじゃないか」

圭鳳は笑い、斗森はあっけにとられ、功弥は驚いて茶をこぼしている。

「申し訳ございません、陛下。いったん玉岳へ戻って——」

「沙那。そんなに離れがたいのなら朱麗とともにくるがいい。許可しよう」

圭鳳の言葉に、じたばたしていた沙那がぴたりと止まる。

「陛下！　本当ですか？」

「ああ。妃の側付で来ればいい」

「……陛下？　私はそもそも妃ではありません！」

ふたりのやり取りを見ていた沙那は首を傾げてしまった。思わず圭鳳を睨みつけてしまう。「ちょっと」と圭鳳は寄れと指で合図をしてきた。

「絵師だとなんだか収まりが悪いだろう。後宮入りは輿入れと同義である」

「違いますよ！」

だめだ。圭鳳と朱麗のあいだで交わされたことを、沙那はなにも知らないのだ。輿入れだろうと梃入《てこい》れだろうとなんでもいいが、彼女を巻き込むわけにはいかないというのに。

「やったぁー！」

「ちょっと沙那！　やったぁじゃないわよ！」

「いいじゃないか。朱麗。すぐに気の合う侍女なんか見つからないぞ。一番心強いじゃないか、その娘が」

「ですが……なんてことなの」

朱麗は頭を抱えた。沙那の未来を曲げてしまった気がする。

「お嬢様。私は嬉しく思いますよ。短い間でいつの間にと思いましたが、皇帝陛下と相思相愛、生まれた地を出ていく決意をするほどに愛しついていく決意をされたのですね」

「そこまで言ってない」

「男より女子に好かれるお嬢様が、皇帝陛下に見初められるなんて……沙那は嬉しいです。お嬢様も化粧をし余所《よそ》行きの衣をつけたらこんなに美しくなると気づけましたし」

「沙那！　ひとこと余計なんだけど！」

　圭鳳はまた笑っている。酔っているのかもしれないけれど。もう、ここまで来てしまったのなら仕方がない。圭鳳の許しも出たことだし。

「ちゃんと、家族には伝えてきたの？」

「ええ。兄には家庭がありますし、私がいなくても大丈夫です。奥さんは働き者の優しい方ですし。寂しいとは言われましたが、思うように生きろと言ってくれました」

　沙那は両親が既に他界しているが、兄がいる。数年前に結婚をして第二子が生まれたばかり。沙那の親代わりだった。本心は引き止めたかっただろうに。

「そう……。わかったわ。これからもよろしくね。沙那」

「もちろんです。離れるつもりはありませんからね！　また置いていかれたら寂しくて私は病にかかってきっと死にます」

沙那は朱麗の手をぎゅっと握って放さない。胸がぐっと温かくなり、そして切なくてたまらない。寂しかったのは朱麗も同じだ。

「さぁ！　厨房はどこですか？　皆様空腹でしょう？　夕餉を作りますから」

「沙那さんがいるなら、永灯に着くまでに美味《うま》い飯が食べられる！」

「そうでございますよ、斗森様の好物の香草もちゃあんと持ってまいりましたよ」

「さすが～！」

きゃっきゃと騒ぎながら、沙那と斗森は船室へ降りていく階段へ歩いていった。

ふたりの背中を見送る。功弥は少し離れて圭鳳と朱麗を見守っている。

「まさかこんなことになるなんて……」

疲れがどっと出てしまう。けれど、心強いのはたしかだ。玉岳を離れて皇帝の後宮にはいることを決めたのは自らの意思だけれど、やはりひとりは寂しい。圭鳳を愛しているわけでもないし、愛されているわけでもない。ふたりの繋がりは契約のようなものだから。

「表情が変わったな。安心しただろう？　やはりあの侍女が来てくれてよかった」

「驚きましたし、彼女のことを考えると不安ではあります。でも、お許しいただきありがとうございます」

「俺としてもいてもらったほうがいい。自分の置かれた状況を考えてみろ。行方不明だった俺が玉岳の娘を連れて帰ってくるんだぞ。なんならきみは格好の餌食だ」

「旭氏の出身だからですか？」

「それもある。もう少し自分の心配をしたほうがいい」

「餌食になる覚えはなにもないのですけれど……」

「きみは己のことになると鈍感なんだな。まぁでもそのほうがいいのかもしれない。ただ、場合によっては命を狙われるかもしれないから、注意をしていなさい」

「陛下と同じですね」

「そうだな」

「私は他の妃殿下がたと目的が違いますからね。後宮って怖いところですねぇ」

「呑気《のんき》な。城主に心配をかけるわけにもいかない。ここは魑魅魍魎《ちみもうりょう》の住む場所ですなどと文に書くな」

「書きません、そんなこと……」

そもそも、父に文など出さないと思う。

「陛下、朱麗様。風が強くなってまいりましたので、どうぞお部屋へ」

たしかに風が冷たい。肩をすくめたら、乱れた髪を圭鳳が耳にかけてくれる。功弥に促されて、圭鳳とともに船室へと戻ることにした。

襲い掛かる圭鳳の剣を受け止めた船室は、あの時と変わらない。変わったのは朱麗だ。なにが起こるかわからないものだ。

「陛下のお部屋の隣が朱麗様のお部屋。沙那さんとご一緒です。斗森様はふたつ先、ほかの方々は大部屋に滞在いただきます」

玉岳では旭氏が仕切っていたが、この船は皇帝軍のもの。船内だけではない。これから先は朱麗も斗森たちも、圭鳳と功弥に従う。

「ありがとうございます。功弥さん」

「どうぞごゆっくりお過ごしください。都の永灯までは全行程十日ほどかかります。私は向かいにおりますので、用がございましたらお声がけください」

功弥は部屋を出て行った。圭鳳の部屋はあのときよりも整頓されていた。玉岳に滞在中に、船は整備され、修繕工事を行ったからだ。

「この柱、たしか折れる寸前だったはずなのに、きっちり直されている」

「旭氏は森に住む海の民といえます。船大工の腕がいいのです。材料も豊富ですし」

「なるほど……これから、都からの造船発注は旭氏にも出すように伝える。いまは洋氏の独占状態だからな」

「ありがとうございます！　皆が喜びます」

いままでならあり得ない。都の永灯から船の注文がくるかもしれない。自分たちで使う小さな船や近隣の注文でしか造っていなかったが、大きな漁船などを造れば、技術も見せられる。これで旭氏が優秀な一族だと伝えることができる。朱麗は嬉しくて仕方がなかった。

「そんなに嬉しいか」

「はい！　皆の喜ぶ顔が目に浮かびます」

「きみは旭氏の英雄だな」

「英雄だなんて……ただ皆の幸せに繋がれば嬉しいです」

「それほどに一族のことを一番に考え、民に慕われる城主の娘、旭朱麗なのに」

圭鳳はゆっくり歩みを進めて、寝台に座った。頬杖をついてこちらを見上げる。なんとなくわかってきた。考え事をするとき、大切な話をするとき、彼は頬杖をついて相手を見る。

「どうしてもきみを玉岳から出したかったのだろうな、城主は」

一瞬言葉を失った。圭鳳はなにを言っているのだろうか。父と母が朱麗に対してどういう扱いをしていたのか、まるで知っているみたいだ。

「玉岳の男と夫婦《めおと》にすれば一族のためになったものを」

「……どういうことですか？」

「玉岳に流れ着いたことは想定外の偶然だが、前々から城主はきみを後宮に送りたがっていた」

「い……一度も聞いたことがありません。それに、どうして父が私を後宮へ入れたがるのでしょうか。面白いお話ですね」

「数年前に玉岳に立ち寄ったときに、城主から朱麗を側妃にと申し出があった。皇后とのあいだに子がないからな。まだ年端も行かない幼女のきみを連れていってほしいと言われたのだ。なにを考えていたのだろうな」

そんな話は一切聞いたことがなかった。決まったら伝えるつもりだったのだろうか。わからない。

「母が亡くなってから、父は変わりましたから」

「だから幼い娘を皇帝に贈るのか？　年頃の娘ならいざ知らず」

喉まで出かかる言葉を堪える。力のことを話したら、この場で殺されるかもしれない。

「一族から妃を輩出したいのはどこも同じだ。だから城主の申し出もはじめのうちは相手にしてはいなかった。だが、何度も文が届いた。妃が無理なら侍女や下女でもいいからと。段々と俺も不審に思ったわけよ。これはまるで厄介払いではないかと」

「や、厄介払いではありません！」

思わず声を張り上げてしまう。

「本当にそうか？　俺には後宮に入れてあとはどうにでもしてくれと言われているようでならなかったがな」

弟や沙那、他の者たちに勘繰られないようにしてきたし、あからさまな態度を取らなかった父も一応の配慮をしていただろう。それなのに、どうしてこの男はこうも傷を抉《えぐ》るのだろう。

「自分の手で旭氏の汚名を晴らしたい思いが、娘を妃にと申し出ることだったのでしょう。私が陛下にお供する理由と同じです。なんら不思議では……」

「そうだろうか？　皇帝と旭氏の関係は大昔のこと。正直このまま追放された一族としておくのも、現皇帝としてどうかとも思っておった……城主がいう汚名がどうのは後付けだろう」

「後付けなどではありません。一番大切なことです」

「……朱麗、きみは父親になぜ疎まれる？」

実の娘を疎んでいるなど、城主として玉岳の民に知られてはならない。理由はもっと知られてはならない。

「旭氏の者たちに隠せても、陛下には伝わってしまったのですね。さすがでございます。おっしゃるとおり、私は父から疎まれていました。ずっと」

「……その理由を知っているのか？」

「母が私のせいで亡くなったからです」

己で決めた道が、実は糸を引かれていた。明るい未来ではなく、屑《くず》のように捨てられたのだ。

「なぜきみの母は死んだ？」

「私を産んで産後の肥立ちが悪く体を壊したのに、弟をせがんだからです」

「あの絵か？」

嘘だ。全部嘘だ。けれどどこに真実があるのかもわからない。どう伝えれば理解をしてもらえるのだろうか。

「朱麗。そばへ」

頬杖を解いて「おいで」と圭鳳が手招きをする。言われたとおりに近くへ行って跪いた。

「どうして泣く」

「泣いてはおりません」

圭鳳の指が頬を撫でる。泣きたいわけじゃないのに、なんの涙なのだろうか、これは。

「結局は城主の思いどおりになったわけだが。朱麗。どうだ？　旭氏のために生きるきみの思いを俺は利用している。城主もそうだろう。いまならばまだ戻れる。俺も引き止めない」

「なぜこんな大河の上でそのようなことをおっしゃるのですか？」

「なぜだろうな」

「どうせ逃げられないとでもお思いですか？」

「だから、引き返すと言っている。おい、功弥」

お待ちください、と圭鳳を朱麗は遮る。

「父と母に疎まれていたことを陛下がご存じなのでしたら、もうなにも迷いはありません。お約束したとおり、このままご一緒いたします。戻りませんし、逃げません」

圭鳳は頷いてまた頰杖をついた。

「私には帰る場所はありません」

朱麗は立ち上がって顔を拭う。「失礼いたします」と部屋を出ようとした。

「心配するな。ひとりにはせん」

その言葉、どこまで信用すればいいのやら。朱麗を憐《あわ》れんでいるのだろうか。圭鳳へ仕えることが旭氏の、ひいては玉岳の平和に繋がることは間違いないのだから。父が、その昔一族を不幸へ追いやった男と同じ力を持つ娘を、皇帝のそばへやりたがったのは、旭氏のためではない。ただ朱麗が疎ましかっただけだ。

一族を思うこの心は真実だ。それだけで私は生きていける。過去の償いをする気はない。未来への希望を灯《とも》したいのだ。この身で小さくても光らせることができるなら、こんなに嬉しいことはないのだから。

当初の行程どおり、船旅と陸路を十日で都の永灯へと入った。皇帝と旭氏城主の娘を乗せた馬車は賑《にぎ》やかな大通りをひた走っている。

「尻が痛い。肩も首も痛い」

「仕方がありません。隠れて皇宮まで行くから地味な馬車にしろとおっしゃったのは陛下です」

「だからってこんなに狭くてぼろぼろでがたがたの馬車を使わなくてもいいだろう！」

「六人乗りなので狭くはありません」

「座布団が薄くて尻が痛いんだが。尻だけじゃなく腰も痛い」

圭鳳と功弥のこのやり取り、一体何度目なのだろう。朱麗は呆れてもうため息も出ない。いつもはさぞ豪華で乗り心地のいい馬車を使っているのだろう。功弥はまるで兄のようにいなしている。

航路では天候にも恵まれて大きな災難もなく、皇帝の住まいである羅賀城のある都、永灯への陸路も問題がなかった。旭氏の警護十人と圭鳳、朱麗、功弥と斗森は傍《はた》から見たらどこかの領主が部下を引き連れて遊歴でもしているように見えるだろう。現に、立ち寄った茶屋や宿で「若夫婦」だの「宗主と奥様」だの言われたものだった。さすがに圭鳳は面具で顔を隠しているが。

「功弥さん大変だなぁ。劉先生の孫の一憲《いっけん》だってもうちょっと大人しくしているよね」

隣に座る斗森が圭鳳に聞こえないように言った。朱麗は人差し指を口の前に立てる。

「……一憲は医者の孫。あの方は皇帝陛下だ」

「陛下だって先々代の皇帝陛下の孫だよな？」

「でもあんな感じだ」

「そっか……仕方がないね」

「おいそこの姉弟！　なにこそこそ話をしているんだ」

「陛下、朱麗様と斗森様に八つ当たりをなさらないでください」

圭鳳と功弥、ふたりの関係は兄弟のようだ。おそらくは皇宮内でこんな対応をしていたら功弥も咎められるに違いない。これに斗森が加わるとにぎやかな三兄弟だ。見ていて面白いし、飽きない。別な馬車に乗る沙那も同じように思うだろう。

「陛下が途中の宿で女将《おかみ》に布団の厚さを指摘していたとき、本当に肝が冷えました。羅賀の皇帝が目の前にいるとわかったら大騒ぎになるところでしたよ」

「布団も座布団も薄いのは耐えられん」

「我慢なさってください……子どもじゃないんですから」

「けれど、あの宿でいま羅賀城がどうなっているかわかったからいいじゃないか」

たしかにそうだ。

「いま、羅賀の皇帝である圭鳳は城内で怪我の治療中らしいぞ。俺はここにいるが」

圭鳳は肩をすくめた。

「結果的に陛下は逃げ延びておられますしね。半分は真実です」と功弥が言い、

「それと、治水事業任務の部隊が鉄砲水だの崖崩れだのにやられて全滅したって、酷い話ですね」と斗森が眉根を寄せた。

「俺の首を持ち帰ってないからじゃないか？」

斗森が「ということは……」と首を捻ると、圭鳳は「仕留め損ねたと報告が上がったんだろうねぇ」と笑う。

「すぐに皇帝を死亡とするのは得策ではないと判断したのでしょうね」

「功弥の言うとおり。宿の女将が耳にした話のように、治水事業を視察に行った皇帝は、事故に巻き込まれ怪我をした。玉岳で助けられ戻ったとしておけばいい。俺

の死体を必死に探しているんだろうが」

「玉岳にはまったくそういった情報が来ませんでしたね。私も斗森も、ほかに誰もそのような話を耳にしませんでした」

「そもそも田舎だから情報も遅いのだけれど。誰かが知っていたらさすがに俺と姉さんには伝わったはずだもんね」

あの父すら知らなかったのだから。船が入り江に浮かんでいた景色を思い出す。あの日からすべてが変わった。

「旭氏の領地に流れ着いたのが功を奏した。皇后の派閥や加担した者たちの出自の領地だったらまず間違いなく城へは戻れない」

「お役に立てて光栄です」

朱麗がそう言うと圭鳳は目を細めた。斗森は話を続ける。

「女将が言っていましたが、皇后陛下は心労で臥《ふ》せっておられるそうですね」

たしかにそうだった。「陛下が心配なのねぇ」と女将はため息をついていた。

「……俺は信用していないけれどね。酒盛りでもしているんじゃないか？」

どういうことかと斗森は首を捻っている。功弥の表情は変わらない。圭鳳を殺そうとしたのが皇后だという話は、おそらく功弥と朱麗しか知らないのだ。

「功弥はどう思う？」

「もうすぐ永灯を抜けて羅賀城へ向かいます。陛下、窓から顔を出さないようになさってください」

「無視をするなよ」

永灯の都を出ると、羅賀城敷地をぐるりと囲む塀が見えてくる。間には草原が広がり一里ほどの道が通っている。城からはこちらが丸見えなのだ。晴れ渡る空には雲一つなく、風も穏やか。

「こちらが武装した兵でもない限り、矢を射ることはないと思う。俺たちはどこかの宗主と従者だ。いまはな」

宗主は俺、とでも言いたげの圭鳳だ。

「この馬車が無事に城門へたどり着いたら、私が先に降りて門番と警備兵に話をしてきます」

「念のため気をつけろ。功弥」

「承知しています」

話をしているあいだに羅賀城の城壁が近づいてきた。様子を見るために細く開けていた馬車窓を閉める。圭鳳も斗森も口を開かなかった。馬車の揺れに身を任せていると、ゆっくりと馬車が止まった。功弥が馬車を降りていく。息を詰めるようにして物音を聞いていると、数人の足音が聞こえてきた。功弥が馬車の扉を開けて「城内へ入ります」と言った。

「もう入れるのですか？」

「心配せずとも大丈夫ですよ、朱麗様。私も一応は陛下の側近です。門番に顔が利きますので」

「そっか……そうですよね」

朱麗は座席に体を預けた。なんだか気が抜ける。

「斗森様、私と一緒に馬で参りましょう」

功弥に呼ばれて斗森は馬車を降りる。護衛の者たちと一緒に、圭鳳と朱麗が乗る馬車を先導するらしい。

「一応は決まりに則《のっと》ってもらう。外部の者がちょっとでも変な挙動を取ると、俺の命令でなくても斬られるからな。あのふたりとこの馬車以外は、城には近づけない」

「羅賀城は怖い場所ですね……」

「きみのほうが怖い。功弥を待つ間、出て行って剣を振り回すかと思ったぞ、朱麗」

「そんなことはしませんが」

「安心しろ。そんなに険しい目つきをしていたら、きみのほうが先に皇后にやられるぞ」

「……注意します」

しばらく馬車に揺られ停車した。また功弥がやってきて馬車から降りるように促される。先に圭鳳が降りていき、朱麗も続く。斗森が手を貸してくれた。

「ありがとう」

着慣れない衣と髪飾りが煩わしいが、ゆっくりと地面に降り立つ。すると、石畳の広場が目の前に広がり、後ろを向くと何段あるのかわからない階段が大きな建物に続いている。「光賀殿《こうがでん》」と掲げられているのが見える。他にも建物があるのだが、そこまでたどり着くのに徒歩でどれだけかかるのだろうか。移動は馬なのかな。

「姉さん、凄《すご》いね。こんな広い敷地と立派な建物を見たことがないや」

「本当だ。旭氏の屋敷の何倍あるんだろう」

「俺、生きているうちに羅賀の皇帝に会って、城に来られると思ってなかった」

「私もだ」

あまりの景色に呆然《ぼうぜん》としていると、何人かの男たちが光賀殿の階段を急いで下りてくる。彼らは圭鳳の前までくると滑り込むようにして跪いた。涙している者までいる。

「陛下！　よくぞご無事で！」

「戻るのに少々手間取った」

「知らせをいただければお迎えにあがりましたのに！」

側近たちと言葉を交わす圭鳳。この中に裏切り者がいるのだろうか。なんとなく疑ってしまう。

「心配させた。それと、このふたりは俺の友である。丁重に迎えよ」

承知いたしました、と一番年長らしき男が返事をした。朱麗と目が合い、丁寧に目礼をくれた。

「詳細はあとで話す。俺は休むことにする」

圭鳳の言葉で側近たちは下がっていく。その様子を見ていたら、地鳴りのような大勢の足音がしてきた。振り向くと数百……いや千を超えるような兵、それと官服の男たちがこちらへ駆けてくる。やられる。咄嗟《とっさ》に朱麗は圭鳳の前に出た。

「陛下、お逃げください！」

朱麗が襲撃に備えて構えると、圭鳳に腕を掴まれた。

「待て」

迫ってくる大勢の男たちは圭鳳の前で、まるで糸でも張られているかのように足を止めた。整然と整列し一寸も動かなかった。朱麗は圧倒されて足が竦《すく》んでしまっていた。

圭鳳は面具を着けている。顔が見えないが、功弥がいることで隣に立つ背の高い男が圭鳳だとわかったのか。圭鳳は兵と官吏たちに向かって言葉をかけることなく、朱麗の手を引いて階段を登っていく。

「わっあっ……あの！　陛下っ」

「功弥！　朱麗に剣を持たせるなよ、絶対に」

「承知いたしました」

「……戦を始めるのかと思った」

圭鳳は舌打ちをした。功弥は「先に申し上げればよかったですね」と笑っている。

「お……襲われるかと思いまして……申し訳ございません」

「朱麗、きみはしばらく俺のそばを離れるな。間違いなくきみが先に死ぬ。瞬きのあいだに死ぬ。慣れないうちは注意せよ」

「脅さないでくださいよ！」

朱麗は乱れた呼吸を整えるために深呼吸をした。

「どうしてみんな、陛下だとわかったのでしょうか……陛下はお顔を隠しておられるのに。功弥さんがいるからなのでしょうけれど」

「あまり悩むな、朱麗」

「その前に、どうして陛下が馬車で外から入ってきたのにおかしいと思わないのでしょうか」

「門の警備に、陛下がお忍びで湯治に行ってきたと話したのです。そうでないと、いま城内にいるはずの我々が中へ入れません」

「そっか、怪我の治療中なんですよね。でも、我々って商人じゃなかったのですか？　あ、違いましたね、宗主？」

「その身分は城内へ入るまでの見せかけでございますよ」

「やだもう混乱する。ここから身分を変えますよって言ってください、功弥様」

「次からは朱麗様の仰せのとおりにします」

「朱麗、あまり功弥を責めるな。機転を利かせたのだ」

「機転が利くことと嘘つきって紙一重なところがありますよね！」

朱麗がむくれると「口が悪いな」と圭鳳が言い、功弥は笑った。

「そうおっしゃらず。おふたりをお守りするためです。話を戻しますが、先程のはただの出迎えです。驚かせてしまいましたね」

「出迎え……」

朱麗は身震いをした。

光賀殿へ入ると、まず磨き抜かれた床に驚く。高価な木材を使っており踏むのを躊躇《ためら》った。廊下を進んでいくが、もうどこをどうやって通ったのかわからない。玉岳では獣道だろうと迷うことなどなかったのに、もしいまひとりにされたら建物の中で行方不明になる自信がある。どこもかしこも豪華な家具や調度品ばかり。螺鈿細工の机や棚が眩《まばゆ》い光を放っていて、衝立や燭台《しょくだい》に惜しげもなく瑪瑙《めのう》や大理石が使われている。

「目が潰れそう」

後ろを歩く斗森も「俺も」と呟いた。

大きな広間に辿り着いて「朱麗様はこちらでお休みください」と功弥が案内してくれる。朱麗だけが、これまた煌《きら》びやかな竹と鶴の刺繍がされた衝立の向こうへ連れていかれ、座るように促された。椅子も婚礼衣装なのかと思うほど豪奢《ごうしゃ》な布が貼られていて、尻を乗せるのも躊躇われる。そっと腰を下ろしたらどっと疲れが出た。

私、なにをやっているのだろうか。身の回りの物の華やかさに気が変になりそう。

圭鳳と功弥と斗森がなにやら話をしていた。衝立からこっそり覗くと、圭鳳は見たこともない量の金の彫刻を施された大きな椅子に座り、長机に頬杖をついている。虎が描かれた掛け軸、龍《りゅう》の姿が彫られた欄間。翡翠の装飾が施された筆記具が並ぶ文机。それらから判断して、圭鳳が座るのは玉座で、ここは皇帝の執務部屋か。きょろきょろしていると、斗森がこちらへ走ってきた。

「姉さん、俺、そろそろ行くよ」

「え？　もう？」

「陛下を送り届けることが俺の任務だったしね」

「……なんだか追い出すようだわ」

「ここは羅賀城だ。余所者は長居できない。本来は俺、ここに入っちゃだめだろ？」

引き止めたいのはやまやまだが、我儘を言うわけにはいかない。斗森とともに玉座の前へ行くと、圭鳳はこちらへ降りてきた。

「ふたりには本当に世話になった。本当は長旅の疲れを癒していってほしいのだが

「……」

「いいえ。大丈夫です。のんびりできません。俺も早く玉岳に戻らないといけないし」

「都で宿を取りなさい。手配は功弥に任せる」

「ここまでの旅、陛下といろいろお話ができてとても楽しかったです」

「また会えることを願う」

目の前で圭鳳と斗森が別れを惜しんでいるが、朱麗はなんだかついていけない。そうか。もうここで斗森と別れなければならないのか。そして玉岳とも。斗森は圭鳳に礼をする。

「田舎者の俺にとって、陛下は憧れで雲の上のお方。お会いできて幸せでした。たくさん失礼や無作法があったと思いますが、どうかご勘弁ください」

「無礼なことなどひとつもない。俺も楽しかった」

「姉さんをよろしくお願いします」

斗森は朱麗の手を取る。

「俺、ちゃんとがんばるから。姉さんに導かれるんじゃなく、前に立って戦う男になるから」

「うん。でも、もう大丈夫じゃない？　斗森は立派な旭氏の男だよ」

「まだまださ。心の中で姉さんの矢をつがえという声を鳴らすよ」

朱麗は懐から手のひらに納まる大きさの木札を取り出し、斗森に渡す。ここへくるまでの間でこっそり作ったものだ。角に穴を空けたので、飾ることも、紐《ひも》を通せば首からかけることもできる。朱麗が作ったお守りだ。

「梟《ふくろう》だ。これ姉さんが描いたの？」

「うん。父さんには内緒の贈り物」

「わかった。内緒にする」

「ふたりの約束だ」

可愛い弟の目は少し潤んでいる。「いい子だ」と頭を撫でると照れくさそうに笑う。急に斗森が幼く感じた。

「梟は不苦労に通じる。それにこの鳥は夜目が利き、目がいい。お前がこれから先ずっと遠くまで見渡せるようにと願いを込めたよ。弓矢の名手でもある斗森にぴったりでしょう？」

愛《いと》おしい弟が、これから先ものびのびと成長し、どうか健《すこ》やかに生きていけますように。

「ありがとう……姉さんのことをいつも思うよ」

「私も。美人で優しいお嫁さんができたら知らせてね」

待っていてよ、と斗森は朱麗を抱きしめてくれた。

「さあ、もう行きなさい。皆が待っている」

朱麗は弟の血色のいい頬に触れた。

光賀殿の長い廊下を去っていく弟の背中は大きく誇らしげに見えた。

朱麗は露台《ろだい》に走り出る。斗森が駆けていくのが見える。何度も立ち止まっては振り返り、姉へ手を振っている。

護衛隊になった旭氏の若者たちと一緒だから、なにも心配いらない。怪我が癒えた皇帝と後宮入りする姉を羅賀城へ送り届け、胸を張って帰ってほしい。皇帝と朱麗を降ろし空になった馬車に今度は土産をたくさん積んで、無事に戻ったら旭氏の皆が喜ぶ。玉岳できっと斗森は英雄になる。

「朱麗」

見えなくなった弟の残像をいつまでも追う朱麗に、圭鳳が声をかけてくる。部屋には誰もいない。

「これから後宮へ入ってもらう」

「承知しました」

「今ならまだ戻れるぞ」

まだそんなことを。朱麗は首を横に振った。

「俺を恨んでもよいぞ」

「そのような気持ちはございません。肉親との別れはこんなに寂しいのかと嚙《か》みしめていました」

「俺には別れが寂しい肉親というものがいなかったから共感できずすまない」

「親しい友人と別れることと似ています」

「……それならいたな。兄弟のような不思議なやつだ」

「そのお方は陛下と別れて寂しがらせることはないかと」

「死んだよ」

朱麗ははっとして圭鳳の横顔を見た。

「俺の話はいい。辛《つら》いのならばひとりになれる静かな場所を用意させよう」

去ろうとする圭鳳の衣の袖を思わず摑んでしまった。不思議そうに振り返る圭鳳。

「なにか?」

「いえ……あの、ここに糸くずが」

朱麗は袖を放した。ひとりになりたいわけではない。

いまひとりにされたら寂しさが増すだけだ。圭鳳にそれを気取《けど》られそうで恥ずかしかった。

しっかりしなくては。

朱麗は背筋を伸ばし顔を上げた。

後宮へ入る大義名分はかつての旭氏の汚名を晴らすこと、玉岳の平和、一族が健やかに暮らせる未来を作るため。

「自ら選んだ道なので、後悔はしません」

「こうならない未来もどこかにあったんじゃないかと？」

「……陛下のおっしゃるとおりかもしれません。ですが本当に後悔はありません。ただ……私は自分を誤魔化していたのかもしれません。ここにいたいと言いながら、心の奥底で玉岳を出ようと願っていて、そこに陛下が現れ、来ないかとお誘いいただいた。その手を取ったら……逃げてきたと悟られるのではないかと怖かったのです」

「素直だな」

「お褒めの言葉、身に余る光栄です」

「きみは逃げたのではない。なにも心配いらない。俺がきみの在《あ》り処《か》になろう」

「……陛下のお役に立てるよう、精進してまいります」

「行こうか。好きなだけ絵を描いて暮らすがいい」

圭鳳が伸ばした手を、朱麗は迷わずに取った。

第三章　零《れい》

父は病に侵されて体中がどす黒かった。いつも濁った眼をしていた。

「圭樹、この男がこれからお前の世話をするぞ」

父がある日、圭樹より五つ年上の男を連れてきた。

「皇太子殿下、私は刃栄と申します。よろしくお願いいたします」

美しい海色の瞳、艶やかな黒髪を見て海辺の民だとすぐにわかった。ただ、肌はあまり日に焼けていなかった。なんなら圭樹よりも色が白い。額には白詰草の葉のような三つの痣《あざ》があった。

武術が得意なわけではなく、剣も振るえない。なんのために召し抱えられたのだろうか。圭樹の世話係などたくさんいる。十歳の圭樹には刃栄は異様に見えた。男にしては美しいというか、もしかして父の好みで連れてこられたのではないかと勘繰った。しかし、そうではなかった。

「殿下が健康でいますよう、私がまじないをします」

刃栄の手は女子みたいに綺麗だった。差し出された手に向かって自然と自分の手を伸ばすと、刃栄は圭樹に触れた。懐から取り出した筆をくるくる動かして、圭樹の肌になにかしている。

「なにをする？　くすぐったい」

「袖で隠れますのでご安心を……こうこうこう、です」

「なんだこれ」

「太陽を模した文様です。万物を照らす太陽のように、殿下は皆の希望です」

「……どうしてそんなことを言う。気持ちが悪いな。媚《こ》びへつらうのはよせ」

「殿下がいたから私は生きていられるのです」

刃栄は笑っている。悪い気はしなかった。圭樹は「媚びるな」と言って刃栄に背を向けたが、腕に描かれた文様が嬉しく、勇気をくれるように思えた。

母が誰だかわからない俺を、太陽だなんて慕うのはあいつだけだ。近くにいない時も刃栄を感じるようになった。

刃栄は世話係というより教育係に近かった。貴族や皇族の遠縁でもないのにどうして父に連れてこられたのだろうと不思議に思い、問いかけたらはぐらかされた。

「私がどうしてここにいるのか話したら、命がなくなるので」

彼は笑った。

刃栄が圭樹のところへ来てから二年が経った。まもなく圭樹が十三になろうとする頃、土色の顔をしていた父が死んだ。羅賀城全体が悲しみに沈んでいるようだが、圭樹は安堵していた。

埋葬される前日、圭樹は父の遺体を見に行った。骨が浮き出た首に触る。幼い頃に抱き上げてもらった腕は枯れ木のようだった。首から鎖骨を指でなぞっていくと、胸元になにかが見えた。絵？　文字も読めた。衣をはだけると、肌を埋め尽くすほど様々なものが描かれていた。文字、生き物の目、牙、草花などだった。図鑑で見たことがある薬草、それに皇帝の象徴である虎がいた。虎の目は瞳がなく白かった。

あいつだ。これを描いたのは刃栄に違いない。

そこで気づいた。これらは縁起がいいとされ昔から伝わる思想を元にした絵や図案だ。

刃栄は一体どんな男なのだろう。初めて過去を知りたいと思った。

刃栄は物腰が柔らかく穏やかだった。一緒にいると落ち着くし、いないと不安になる。圭樹が刃栄を追いかけるようになったので、ふたりの距離は自然と近くなり、まるで兄弟のようだった。沈黙さえも心地よかった。思えば刃栄にも家族がいるはず。

「刃栄。お前の一族の話をしろ」

「急ですねぇ、陛下……私の家族のことは面白い話ではありませんよ？」

「命がなくなると言っていたな。父上に口止めされていたなら無理には聞かないけれど」

「もうお亡くなりになっていますから、どうなのでしょうか」

「じゃあ教えろ。これは俺の命令だ」

嫌がる様子はなく、刃栄はぽつぽつと話を始めた。

「私は海辺の民、旭氏の出身です。主に漁業をして暮らしておりました」

「泳ぎが得意なのか」

「素潜りで魚を突くのが得意でしたね」

旭氏では豊漁を願い、まじないの文様などを船や漁業に描いて使っていた。豊漁だけでなく、無事に漁から帰って来られるように、怪我をしないようになどという願いを込めて、体に直接描くようになったという。

「転じて、体のあちこちに刺青《いれずみ》を施す者もおりました」

「なぜそんなことを？　刺青は大昔は刑罰に使われていたぞ。それに痛いのに」

「より強い願いにするためです。贄が必要になる。それに、刺青は水死体があがったときの身元確認にもなるんですよ」

　圭樹は「ふうん」と唸りつつ、腕に太陽の文様を描いてもらったことを思い出していた。

「旭氏では稀《まれ》に、成長過程で額に白詰草の葉の模様の痣が浮かびあがる者がいます。本当に稀で、数十年か数百年にひとり。その者は不思議な力を持つのです」

　静かに語る刃栄の額には白詰草の模様がある。妃たちが額に花鈿《かでん》を施すが、あれは化粧だ。刃栄のそれは痣。人の体にこのようなものが刻まれるなんて不思議だし、綺麗だなとも思う。

「ある少年の額に白詰草の葉の痣が浮かびました。彼は幼い頃から絵が得意だった。少年が描くまじないの絵は、不思議とよく効きました」

「たとえばどんな絵？」

「晴れ乞い、雨乞い、病魔退散、商売繁盛……他の村が不漁でも旭氏の一族は豊漁が続いたのです。少年の絵は願いを叶える。そこから旭氏は願いを叶える一族と噂され始めたのです」

「それは凄いな」

「でしょう。けれど、恨まれるのですよ。どうしてお前のところだけって。不漁が続けば暮らしていけない。旭氏の城主は、それはけちな性格でしたが、恨まれることを恐れて近隣の村に獲物をわけていくようになりました」

「それも旭氏の中で恨まれないか？　まじないで願って命がけで漁に出るのに」

「陛下は聡明であられる。おっしゃるとおりです。旭氏の漁師が漁をすれば買えるから、ほかの一族は漁に出なくなったんです」

「金は貰うんだろう？」

「そうなんですけれどね。じわじわと怨恨が溜まりますね」

「溜まりますねって……他人事みたいに。それにその少年って、刃栄、お前のことであろう」

陛下はやっぱりすごいですねぇと刃栄は笑う。そんなの誰でもわかるだろう。

「一族から虐げられていたのか？　刃栄は」

問うと刃栄は自らの手をじっと見る。

「窓のない部屋が与えられて、そこには机と画材がありました」

「閉じ込められていたのだな？」

「そうともいいます。あとは昼夜問わず絵を描けと命じられる。そんな感じです」

「おい。それを虐げられているというのだぞ」

「かもしれません。一番辛《つら》かったのは、眠れないことと食事を与えられないことでしょうか」

なにが面白いのか、ふふっと刃栄は笑う。

「……でも、必要とされていましたから。捨てられるほうが怖かった。私が描けば皆が喜ぶ」

「楽しかったのか？」

曖昧《あいまい》に首を横に振り、でもいまは楽しいですと答える。

「噂が羅賀の皇帝陛下に伝わり、専属の絵師になるようにとの命を伝えに、城から使いがやってきました。城主はすぐに返事をし、少年は当時の皇太子殿下のお世話係になりましたとさ」

「とさ……じゃないだろう」

「一族の長は、誰かとすり替えることも考えたようです。奥の間にいた私には話し合いが聞こえてきましたから」

「替え玉などすぐにばれるだろう。手放したくなかったか」

「かもしれません。もうわかりません。願いを叶える力を持つのは一族にたったひとりだけで、その力を気味悪がる者たちも一定数いましたから」

刃栄は小さくため息をついた。兄弟のようにして過ごしてきたこの刃栄が、たったひとりの祈りの絵師か。

「まじないの絵なら祈禱師《きとうし》ではないのか？　術師かな。どうでもいいが、絵師っていっても刃栄が絵を描いているところを俺はほぼ見たことがない」

「そうおっしゃいましても私は絵師なのです。陛下のお望みで、お体に病を癒す絵や文様を描いていました」

紙に絵具を使って描くものを想像していたが、違ったようだ。

「……刺青も彫ってあった。罪人の刑罰だと父は嫌がらなかったのか」

「海の民にとって刺青は願い、そして祈りです」

刃栄は嬉しそうに笑った。「ご遺体をご覧になったのですね？」と聞くので「ああ」と返事をする。

「たくさんの薬草や文字、強い動物が描いてあった。病に勝ちたいと願い、死に抗《あらが》っていたのだと知った」

だが、と圭樹は刃栄をじろりと見る。指で合図をすると刃栄は顔を寄せてくる。

「虎には黒目が入っていなかった」

「そうでしたか？」

「誰の願いだ？　皇帝の象徴である虎の黒目を描かないということは、祈りは完全ではない。父の願いを叶えていない」

「圭樹様はお怒りでしょうか」

「怒ってはいない」

　刃栄への怒りはない。醜く老いた父が目障りだった。体の自由も利かず、吐く息からは腐臭がする。父と皇后との最初の子は無事に産まれず、その後は子に恵まれなかった。皇后が懐妊しないからと次から次へと手当たり次第に女を組み敷いて、あの獣は世継ぎを残したかったのか性欲を満たしたかったのかわからない。圭樹は皇后の子として育てられたが、実母は皇后ではない。誰もが黙っているが、圭樹は知っている。意地悪な皇太子教育係がべらべらと喋《しゃべ》ったから。

　父のしたことは呪われるべきものばかりで、そのせいか男児が生まれても夭折《ようせつ》し、かろうじて残ったのは圭樹だけ。

「誰の願いだ？　言え。叶えたのは誰の願いか？」

「……私の願いです」

「お前の？」

「私は陛下が太陽になるのを見たかったのです」

「……なにを言ってる」

「色のない私の未来に、陛下がいればなにもいらないと願いました」

なんておかしなことを言う男だろう。刃栄は眩《まぶ》しそうに目を細めた。まるで目の前に本当に太陽があるかのように。

朱麗が後宮入りしてから十日ほどが経過していた。初日以来、圭鳳の顔を見てい
ない。

慣れない場所で寝ているためか、熟睡ができていないらしい。朝の身支度中もず
っと欠伸が止まらなかった。鏡の中には寝ぼけ眼の自分が写る。

「……あれ」

「どうしました？」

髪を梳《す》いてくれている沙那が心配そうに聞いてくる。

「額が赤くなってる……また虫刺されかな。ここにくる前に刺されたのは治ったと
思ったけれど」

「あー……本当ですね。昨日は無かったと思いますよ。眠っている最中に刺されて

爪で引っ掻《か》いてしまったのかもしれませんね」

白詰草の葉みたいな形の小さな赤い痣がふたつ、額に鎮座している。沙那は白粉《おしろい》を額にはたいてくれたが、完全には隠れない。

「……別にいい。そのうちよくなる」

支度を終えた朱麗は、眠気を飛ばすよう頬を叩いてから寝室を出た。「お化粧が崩れます〜」という沙那の嘆きは聞かなかったことにする。

羅賀城の後宮は大きく三区画に分けられる。

皇帝の住まいに一番近いのが皇后の住まいである福寿宮《ふくじゅきゅう》。福寿宮の前から一本の道が通っており、その道を中心に左右に五つずつ妃のための住まいが立ち並ぶ。月桂宮《げっけいきゅう》、八藤宮《やとうきゅう》、胡蝶宮《こちょうきゅう》など。朱麗に与えられたのは万両宮《まんりょうきゅう》という。言わずもがな、皇后が一番位が高く、その次に貴妃が二人、福寿宮に近い左右の住まいである月桂宮、胡蝶宮が与えられる。皇后、貴妃二人の他に妃はいない。后妃たちは福寿宮に近い順で位が決まるらしい。住まいの名前で呼ばれることもあるそうだ。

「建物に草花の名前をつけたのは、何代か前の皇帝陛下らしいですよ。いち、に、さん……樹伸《じゅしん》様。次の皇帝陛下が息子の圭樹様。この方からずっと来て……ええと……

……現在の皇帝陛下、圭鳳様」

歴史書は玉岳にもあった。圭樹は、旭氏一族を玉岳へ追放した皇帝だ。追放の原因になった旭刃栄のことはどこにも記録がない。玉岳には「皇帝に仕えた者」として名が伝えられているだけで、どのように生きて、なぜ皇帝に仕えるようになり、具体的になにをしたのかはわからない。

続けて沙那が後宮の手引きを読み上げる。

「後宮を囲む壁には門が二か所。基本的に出入りできるのは皇帝皇后両陛下の許可を得た者。ということは、斗森様は出入り自由ですね」

「そんなわけないでしょう！　なにを言っているの、沙那。あと、あまり大きな声で規則を読まないで。恥ずかしいから」

「宮女の先輩がたに習ったことを復習しています」

ため息をつきながら、朱麗は部屋を見渡す。なにもなくて寒々しい。もともとあまり荷物がなかったうえに、着飾ることも装飾品にも興味がないし、家具にも拘《こだわ》りがないから余計だ。

「持ってきた剣は全部没収されてしまった。磨きたかったのに」

「当たり前です。荷を解いたときの陛下の顔ったらありませんでしたね」

たしかに、愛用の剣を入れていた箱を開けて見せたら圭鳳は真っ青になっていた。

「準備期間も短かったですしね」

「まぁ、後宮に持ち込んではいけない物の確認をせずに荷造りして馬車に突っ込んだ私も悪い」

しかし退屈だ。玉岳と違う長閑《のどか》さにまだ慣れない。当たり前だが壁の外に出ることはそう簡単ではないし、剣術の稽古をしたいがそれは問題外。馬に乗って砂浜を駆けたり丘に登って遠くを眺めたりもできない。できないとなるとやりたくなる。

「沙那、皇后陛下へのお目通りはどうなっている？」

「お返事がございません。朱麗様がここへいらしてすぐにご挨拶をしたい旨をあちらに申し上げたのですが、その日はお加減が悪いとのことでした」

「昨日再度、申し上げたよね？」

「そのお返事はまだでございます」

避けられているのはわかっている。けれど挨拶をしないわけにはいくまい。圭鳳は皇后に会ったのだろうか。会ったならどんな言葉を交わしたのだろう。

「……お加減が悪いなら無理強いもできない。こうして日がな一日、後宮のしきたりの勉強と庭の観察ばかりもねぇ」

絵を描こうと思ったが、環境が変わったせいかそんな気持ちにならない。筆を握ることもしていない。棚に仕舞ってある筆が呼んでいる気がする。

「沙那。宮女の御仕着せ、似合っているわよ」

「そうですか？　玉岳にいた頃はこんな裾のひらひらしたものは着ていませんでしたからね。慣れません」

「私もだ」

どの妃に仕えている宮女なのかわかるよう、帯の色で区別するらしい。万両宮はその実を印象付ける撫子色。月桂宮は緑、八藤宮は紫、など。自分たちが玉岳で着ていた服はほぼ交換となった。圭鳳が「さすがに貧乏くさい。田舎の娘を強調してしまうから、用意させる」というので任せている。

「まだお妃様ではないのに、住まいを与えられて。さすが朱麗様です」

「妃になる予定もないし、なにもしていないのに」

「それだけ深いご寵愛《ちょうあい》がおありということです」

「なんでそうなる。私は絵師なんだよ？」

「急にお妃様にできないから、陛下は朱麗様のことをいったん絵師としてそばに置きたいのだろうって」

「いったんってなに。誰がそんなことを？」

朱麗は首を傾げた。沙那も真似する。

「胡蝶宮の宮女です！　負傷した陛下を助けたとき、朱麗様が一目ぼれをしたという恋の話で持ち切りなんですよ」

「物凄く大きな間違いだし、情報が錯綜《さくそう》しているようだけれど」

いまのところ沙那はほかの宮女と仲がいいようだ。元々おしゃべり好きでもあるし、彼女の明るい性格と、玉岳からきたという物珍しさもあるのかも。これから先、出自のせいでいじめられないことを祈りたい。

「今度、そのお話を聞きたいから万両宮で茶会をどうかって言われているんです」

「なにそれ！　嫌だよ！」

ええ～と沙那は唇を尖らせる。なんだその不満そうな顔は。朱麗としては妃になる予定はないのだが、女子たちの噂話をいちいち訂正するのも面倒なので、どうでもいい。なにが恋の話だ。

「そうだ、朱麗様はご存じでしたか？　月桂妃殿下と胡蝶妃殿下、双子なんですって」

「うん。お目通りのときは知らなかったけれどね、驚いた。彼女たちは戦で負け、没落した一族の娘たちだとか」

「そんな方々が妃殿下になられるとは。素敵ですねぇ。身分は関係ないのですね、陛下にとって」

「意味がわからない。陛下って薄幸な娘を拾ってくる癖でもあるのかも」

ため息が出る。

「あーなんか楽しいことないかな」

朱麗は万両宮の庭を見ながら背伸びをした。そのまま床に寝転がる。

「朱麗様、陛下はどのぐらいの頻度で後宮へお渡りをされるのでしょうね？」

「知らない。どうしてそんなことを私に聞く？　陛下のお渡りが楽しいことだとも言いたいのか？」

「その……功弥様もいらっしゃるかなって」

「沙那。あなた、まさか」

頬を染める沙那は、後宮の規則を書きとった帳面で顔を覆う。

「好きとかじゃないんです！　お優しくて気遣いがあって、素敵なお方だなぁって。お顔も美形でいらっしゃるし」

「それ好きっていうんじゃないの」

「ち、違うんです！」

「沙那、漁師の章志《しょうし》が好きだったんじゃなかったの？」

「そうでしたっけ？」

呆れた。玉岳には娘たちに人気の男が何人かいる。西の村の棟梁《とうりょう》の息子、丘の家の漁師の長男、母と暮らす三兄弟などなど。誰が誰を射止めるのか、それとももう誰かと恋仲なのか、とか。功弥はたしかに目元の涼やかな美形だ。沙那が興味を持つのも無理はない。

「陛下も、後宮に女子が三千いるのも不思議ではない美形でいらっしゃいます。陛下と功弥様が並んでいるのは我々にとって眼福です。それが見られるだけで私は朱麗様に仕えていてよかったと思えます」

「感謝するところが違うのではないか？」

沙那は「朱麗様のおかげ！」と頬を赤らめている。

「玉岳の一番人気は不動の朱麗様でしたが、陛下と功弥様の出現で三つ巴《どもえ》の戦いでした」

「なんの三つ巴だ！　……まぁ、たしかに陛下たちが旭氏の屋敷に滞在中も、玉岳の娘たちがこそこそと屋敷の外に群がっていたことがあった。あれは陛下と功弥殿が目当てだったのか」

「朱麗様、さすがに鈍感すぎませんか」

ふたりとも怪我の治療中だったというのに、覗き見するとはなんて不謹慎なのだろうか。

「功弥殿、笑った時のあのえくぼが素敵なんですよね」

デレデレと惚気《のろけ》て幸せそうだ。沙那の恋心を俄然《がぜん》応援したくなる。

「じゃあ、功弥殿に会えるようにおまじないをしましょう」

「おまじないですか？」

「うん。ちょっと待って。絵を描こう」

朱麗は机に向かって座り、筆を取る。紙に墨で花の絵を描いた。茎、蔦《つた》、繊細で柔らかな花びら。玉岳の庭にも咲いていたっけな。花びらには紫色を塗ってみた。

簡単な絵だったが、完成したときには朱麗のまわりに宮女たちが集まっていた。

「……朝顔ですか？」

「そうよ。朝顔は蔓を伸ばして良縁を掴むという縁起のいいものです」

朝顔の絵を渡すと、沙那は頰を赤らめて「ありがとうございます」と嬉しそうだ。

「沙那。おまじないだけでなくて自分で行動することも大切だ」

「承知いたしました」

「それに、そもそも私は妃じゃなくて絵師なのだ。陛下は気が向かないと会いにいらっしゃらないし、別に会いにこなくても私は一向に構わないし、それに功弥殿を伴ってくるとは限りません」

「酷い言いようだ」

急に聞こえてきた男の声に心臓が止まりそうになった。ということは声の主はただひとり。朱麗は慌てて起き上がり、ゆっくりと振り向いた。

「陛下！」

「気が向いたから来たぞ」

沙那は引き潮のように下がっていき、代わりに圭鳳がそばへ寄ってきた。朱麗は立ちあがって衣を直し「陛下、ご機嫌麗しく」と畏《かしこ》まる。化粧をしてもらっていてよかった。それに沙那のお目当てである功弥もいる。

「知らせずに来て悪かった。そのままでいい。どうだ、朱麗。変わりないか？」

「はい。まだ十日ですので、慣れぬこともしばしば」

「そうか。まあゆっくり慣れるといい……と、その額はどうした？」

圭鳳に顔を覗き込まれ、あっと思って袖で額を隠そうとした。だが圭鳳に止められた。

「羅賀城にくる前にもこんなことがあったな？」

「今朝起きたら赤くなっていまして。また虫刺されだと思います。すぐよくなりますでしょうからお気になさらず」

「気にする。よく見せてみろ。これは本当に虫刺されか？　火傷《やけど》にも見える」

圭鳳の顔が近い。額に触れられて身を引いた。彼の指は冷たかった。

「や……火傷をした覚えはありません。寝ている間に引っ搔いたのかもしれませんし、平気ですよ」

「功弥、傷薬をあとで朱麗に届けるよう」

功弥は「承知しました」と返事をし、その後ろで沙那が頬を染めている。

そんなに気になるのか、私の額。

皆が気にするからなんだか隠れたくなってきた。自分では特に気にならないけれど醜いのだろうか。圭鳳の指の感触が残る額を触ってみる。いまは痛くもないし痒くもない。凹凸もないようだ。圭鳳がくれる傷薬が効くといいのだけれど。

「ところで朱麗、話をしたいのだがいいか？」

圭鳳は慣れた足取りで万両宮の中を歩いて、まだ使っていない一番広い部屋へ入っていく。朱麗はあとを追った。朱麗の住居ではあるけれど、圭鳳のほうが内部に詳しいのは当たり前か。

「今日は朱麗にいいものを持ってきたよ。皆入れ」

圭鳳が合図をしたら、宮女たちが部屋にわらわらと入ってきた。

「な、なんですか？」

「まあ見ているがいい」

大きな座卓、座布団などが運び込まれた。机の上に功弥が持っていた包みが置かれ、宮女数人もそれぞれが包みを運んでくる。圭鳳が「開けてみなさい」と言うので朱麗は従った。

「こ……これは！」

包みの中身は絵具と筆記具だった。それも、玉岳では見たことがない豪華な道具ばかり。

「都の店から取り寄せたんだ。絵を描く道具がいるだろう？　使ってくれ」

見るからに高価な道具だとわかる。漆塗りの箱に引き出しがたくさんついていて、中に顔料や筆が仕舞えるようになっている。持ち手には銀細工の装飾、筆の種類も太い物から細い物まで多様に用意されている。

「俺はあまり絵に明るくない。足りないものがあれば申し出るがいい」

「お気持ちはありがたいのですが、こ……こんなに高価なものいただけません」

「きみは絵師だぞ？　道具がないなら描けないだろう」

「ですがっ！　玉岳から持ってきたものがありますし」

「古いだろう？　ここには最新のものを揃《そろ》えた。使えばいい道具だと実感するだろう。遠慮をするな。紙はこれぐらいで足りるか？」

圭鳳は堆《うずたか》く積まれた紙の束を指差す。何枚描かせるつもりだろうか。

「じゅうぶんです。使い切るのに何年かかりますやら……」

圭鳳は「そうか？」と微笑《ほほえ》む。思いつきの贈り物だと思うが、度が過ぎるのではないだろうか。

こんなに立派な道具を揃えてもらって、嬉しくないわけではない。それに朱麗は絵師として後宮で役目がある。皇后が圭鳳を襲わせた動機や証拠を調べなくてはいけない。絵を描かないと身分を証明できない。好きな絵を心置きなく描けるのだし、圭鳳との約束も守らなければならない。

「お心遣いありがとうございます。大切に使わせていただきます」

圭鳳は「また来る」と言って帰っていった。まるで嵐が去ったあとのよう。

「……すごいですね、これだけの銘品を指示ひとつで揃えるなんて、さすが羅賀の皇帝です」

沙那がうっとりとため息をつく。朱麗は、積まれた紙、並べられた絵筆や絵具、硯《すずり》などをただ眺めていた。

「なんだか使うのが勿体ない。玉岳では手に入らないものばかり」

「寵愛を注がれ、私は鼻が高いです……朱麗様、よかったですね」

「ありがたいけれどね、仕事しろってことでしょ。私は絵師だから」

約束を反故《ほご》にしたらなにをされるかわからないし。朱麗は筆を一本持ってみる。確かにいい筆だ。すっと手に馴染む。柄の模様も美しい。沙那はというと懐から出した朝顔の絵を嬉しそうに見ていた。

「よかったね、功弥に会えて」

「はい。朱麗様のおまじないが効きましたね！」

お茶をお持ちします、と沙那は奥へ行った。ほかの宮女が沙那に「見せて」とか「私も欲しい」とかいう楽しそうな声が響いていた。

それから二日と置かずに圭鳳は功弥を伴って万両宮へとやってきた。沙那は「おまじないの効果絶大ですね！」と喜ぶが、そう何度も来られるのも監視をされているようでならなかった。圭鳳は茶を飲んで菓子を食べたり、読書をしたりしたあと帰っていく。正直、なにをしに来ているのか謎である。

朱麗が後宮入りして半月が経っていた。

まるで自室のように寛《くつろ》ぐ圭鳳が目の前にいる。真《ま》っ新《さら》な紙の束を見て「使わないのか？」とため息をついている。

「……申し訳ございません。描く気になれなかったもので」

「謝る必要はない。環境が変わり慣れない生活で創作意欲も湧かないだろう。仕方がないな」

なぜこの人はこの部屋にいるのだろう。

さも共感しているように相槌《あいづち》を打っている圭鳳に座布団を投げつけたくなる。描く気になれない原因は圭鳳かもしれない。その気持ちを呑み込むように朱麗は茶に口をつけた。

「とはいえ引きこもっていてはよくない。朱麗、気分転換に外へ出ないか？」

「これからですか？」

「いい天気だ。部屋にいるのは勿体ないだろう」

それはわかる。けれどなんとなく散歩などする気になれなかった。

「どうしたんだ。らしくない。なにか気がかりでもあるのか？」

顔を覗き込まれる。

「その、私まだ皇后陛下にお目通りできていなくて。ご気分が悪いらしくずっと断られ続けているのです」

「そうらしいな」

随分とあっけらかんとしているので少々腹が立つ。皇后を探れと命じたのはあんただと言いたいところを我慢する。

「陛下は城に戻られてから、皇后陛下にお会いしましたか？」

「いいや。戻ったことは伝えているが顔を合わせていない」

半月も経っているのに？　どういうこと？　朱麗は首を捻る。でも、ここは羅賀城であり相手は皇帝と皇后。玉岳にたくさんいる日に焼けた仲よし夫婦ではない。

「そ……そうなのですか。私は任務がございますので、いろいろと情報収集をしなければと」

「死ぬ目に遭わされた皇后の顔など見たくもないのだがな。仕方がないな」

おや。なんだろうこの夫婦げんかに巻き込まれた感じは。

「なんだその目は」

「なんでもありません」

「きみが行きたいだろうから外へ出ようというのだ。連れていってやろう」

行こう、と圭鳳は誘う。いくらなんでも突然すぎる。

「皇后はこの時間、飼っている犬たちを庭に放して遊ばせる。そこへ行こう」

「え、いや、急に訪ねて怒られませんか？　あの、陛下？」

「皆、用意をしろ。俺は朱麗と福寿宮へ行く」

「ねえ、私の話を聞いています？　……沙那！　皇后陛下への手土産を持って追いかけてきてね！」

朱麗は圭鳳に手を引かれてそのまま外へ連れ出されてしまった。

圭鳳の一声に万両宮の宮女たちが慌てて準備を始めた。万両宮は福寿宮から一番遠い。外には仕事中の宮女たちが行き交っており、圭鳳の姿を認めて足を止める。彼が通ると誰もが止まる。圭鳳の気質のせいか、玉岳で友人たちに接しているように勘違いしてしまうが、誰もがひれ伏す羅賀国の皇帝なのだ。

ここへ来てから、万両宮の庭に出るだけで敷地の外に出たことがなかったかもしれない。たしかにいい天気である。後宮の庭園はよく手入れが行き届いていて、風は草木の香りを含んでいる。

「美しい庭ですね」

「季節ごとに景色が変わる。貴妃たちが管理をしていて、花がたくさん咲くよ。時期になったらまた牡丹を描いてみてはどうか」

「そうですね……ずっと、なんだか絵を描く気になれなくて。こんなことを言える立場ではないですね。申し訳ございません」

「いいや。環境も変わったことだし気が向かなければ仕方がない。そうだな、俺が考える題材で描くのはどうだ？」

いい提案だろうとでも言いたげの圭鳳だが、題材がある絵を描いたことがない。いつも、朱麗自身の発想だけが頼りだった。描く気になれないなら、圭鳳の意見を聞いてみるのもいいのかも。気分も変わるかもしれない。

そのとき、後ろから「お話し中申し訳ございません！」と沙那が息を切らせて駆けてきた。

「朱麗様、手土産の確認をしてくださいませ！」

「うん。……大丈夫ね。悪かったわね、取りに行かせて」

「いいえ！　間に合ってよかったですっ」

額の汗を拭う沙那は自然と、圭鳳の後ろにいる功弥と並んで歩くようになった。

そうだ、と圭鳳は沙那を指差す。

「彼女の恋がうまくいくよう、成就を祈る絵なんていうのはどうだ？　このあいだは朝顔だったが」

まさかと思い、圭鳳の横顔を見上げる。彼が人差し指を口の前に立てたので、それに従って小声で話す。

「陛下、もしやあの日、私たちの話を聞いていたのですか？」

「壁に耳あり障子に目ありだぞ。秘密のおしゃべりはこんな風に外でするに限る」

「次から注意します……」

「功弥は聞いていないと思うぞ、たぶん」

「陛下のお話ってなんか信用できない感じがしますが」

圭鳳と朱麗がちらちらと見ていたら「あの、朱麗様。私なにか？」と沙那が気にしだした。圭鳳が「沙那」と声をかけた。

「いま、朱麗と城のしきたりの話をしていたのだ」

「さようでございますか。朱麗様も一生懸命に規則や年中行事のことなどを学ばれていらっしゃいますので」

「そうか。ひとつ言いたいのだが、後宮にいる女子たちは三千ではなく三千五百。他に宦官《かんがん》も大勢いる」

沙那はぽかんとしている。朱麗は沙那へ近寄って耳打ちした。

「ほら、朝顔の絵をあげたとき、陛下は私たちの話を聞いていたようで」

「あっあの日でございますか！」

沙那は頬を赤らめた。圭鳳は「間違いは正すように」と笑った。

「しょ……承知いたしました……！」

沙那の隣で功弥がくすくす笑っていて、それを見あげて沙那も照れながら微笑んでいる。その様子を見て朱麗は思う。あれ、もしかしてこのふたり、なかなかお似合いなのではないだろうか。

「沙那、嬉しそうです」

「そうだな。彼女は朱麗の姉といったような立場か」

「おっしゃるとおりです。長い付き合いなので。ここまで連れてきてよかったのかと思うこともあります」

「きみをひとりにできなかったのだろう」

「ほかの宮女にいじめられないか心配なんです。私のせいで沙那が不幸になるのは耐えられないので」

「功弥が支えになればいいのでは」

「おっしゃるとおりですね。……恋の成就。相思相愛の絵ですか。いいかもしれません。朝顔は良縁ですから、次に進める感じですね」

「いいではないか。後宮には花がたくさん咲く。花を描いてみてはどうだ」

「そうですね。花を女子、蝶《ちょう》を男に見立てます」

花はなににしよう？　沙那は明るい色の可愛らしい花だろう。功弥だったら大きな揚羽蝶だろうか。あれこれと考えていたら心が弾んできた。

「……花壇に写生しに行きたいですね」

「いい顔をしてきたな」

花を描く。いいかもしれない。

「陛下のおかげです。ありがとうございます」

「あの画材を存分に使ってくれ」

新しい筆と画材を使って、真っ新な紙に描く。禁じられていないし隠れなくていい。好きなものを好きなように描ける。心が躍る。なんて楽しいことなのだろうか。

「それと、俺は薄幸娘の収集癖はないから安心しろ」

「それも聞いていらっしゃったのですか！」

朱麗の反応に圭鳳は声をあげて笑う。

「もう！　功弥殿、助けてくださいませんか？」

「陛下がこのように笑っておられるのを久々に拝見しました。朱麗様のおかげです」

功弥は小声で伝えてきた。けれど、きっと圭鳳には聞こえている。

命を狙われ死の淵から戻ってきたばかりだというのに、圭鳳は笑っている。絵を描けと誘い、背中を押してくれる。そばにいたら別な景色を見られるのだろうと思うと、心に小さな明かりが灯る。

福寿宮の近くまでくると、犬の鳴き声が聞こえてきた。

「皇后は庭にいるのか？」

圭鳳が官女たちに声をかけると案内してくれる。庭のほうにまわると、真っ白で毛の長い犬が五匹駆けまわっていた。遊び道具なのか、布が巻かれた棒を咥《くわ》えて振り回している。結構大きな犬だ。少し怖い。

視線を移すと、戸が開け放たれた縁側に、犬を見ている豪奢な衣の女子がいる。あれが皇后か。宮女たちに囲まれ、肘掛けに体を預けて虚ろな目をしている。眩いばかりの美しい人だと聞いていたのに、生気のない顔でやつれた印象だ。なんだろうこの違和感は。圭鳳のうしろに隠れながら歩み寄っていくと、彼女の視線がこちらへ向いた。

「紗央」

圭鳳が呼びかけるが、皇后の反応は薄い。虚ろな目は少し怯えているような気さえする。そこで違和感の理由に気がついた。

皇后がずいぶんと老けて見えたからだ。皺が深く、髪に白いものが目立つ。なんだか圭鳳よりもずっと年上に感じる。長く病に臥せっていたせいなのだろうか。

「お帰りなさいませ」

「生憎《あいにく》、無事に戻った」

圭鳳が鼻で笑ったら場が凍りついた気がする。誰がどこまで知っているのだろうか。皇后の目が鋭く光り、圭鳳を睨んだ。朱麗にはそう見えた。一瞥《いちべつ》して皇后は視線を犬に戻す。それだけ？　夫であり皇帝である圭鳳に対してそんな態度なのか。住まいにあげもせず、庭で言葉を交わすだけ？　ふたりのあいだに一体なにがあったのだろうか。夫の命を狙うほどのなにが？

夫婦の観察をしている場合ではない。朱麗は皇后に対して跪いた。

「お初にお目にかかります。朱麗と申します。以後お見知りおきくださいませ！」

また皇后はこちらを見た。犬が激しく吠《ほ》えている。

「いままでお会いできなくてごめんなさいね。具合が悪かったもので」

皇后は手を額に当てて本当に気分が悪そうだ。でも徐に膳に置いてある串団子を食べたので、食欲はあるようだ。よし、さっさと挨拶を済ませよう。圭鳳がせっかく機会を作ってくれたのだ。ひとりだとここまで来られなかっただろう。

「あの、押しかけるようにして申し訳ございません。後宮入りしてからご挨拶をしておりませんでしたので、陛下に無理に頼みまして……」

沙那が手土産を宮女に手渡す。宮女は皇后の元へ持って行った。中身は玉岳の茶葉である。

「いまお渡ししたのは玉岳の茶葉です。その、お口にあうとよいのですが」

包みを開けて、皇后は香りを嗅いでいる。独特な香りだが、玉岳にしかない茶葉で特産品である。上質なものを持ってきたので気に入ってもらえると嬉しいのだが。

「変なにおい」

土産選びに失敗したかもしれない。

「紗央。彼女はとてもいい絵を描く絵師だ。流れ着いた玉岳では世話になってね。仲よくしてやってくれ」

圭鳳の説明に皇后は口角を上げる。

「そういえば、良縁の絵がどうのと宮女たちが噂をしていました。あなたが描いたものなのですか？」

「はい！」

沙那に描いてやった朝顔の絵のことだ。噂になって皇后の耳に入るなんて思いもよらなかった。

「皇后陛下、絵はお好きですか？」

「穏やかな景色を描いたものなどは見ていると心が安らぎます」

そうか、ここは特技を使って皇后と仲良くなる好機ではないか。

「よろしければこの朱麗、皇后陛下のお好みの絵を描きます！」

「いりません」

食い気味で返された。はい、承知しました。素直に引き下がる。

「陛下が勝手に拾ってきた娘を、私がなぜ面倒を見なくてはならないのでしょうか」

また場が凍り付く。本当にこの夫婦は溝が深いのだ。

「あろうことか玉岳の娘、しかも絵師だなんて……陛下のお考えが理解できません」

ですよね。私もそう思います。これは早く退散したほうがよさそうだ。犬も激しく吠えていることだし。

「皇后陛下、お目にかかれて光栄です。それでは私、お暇《いとま》いたします」

正確には再会なのに、皇后は朱麗のことを覚えていないのかもしれない。そこを食い下がるのも見苦しい。出だしから嫌われている。手土産を渡し挨拶も済ませたことだし、自室に戻って食事をして、あとはなにをする？　いやもう寝てしまおう。疲れてしまった。立ち上がって圭鳳のほうへ戻っているとき、犬がひときわ激しく吠えていた。

「大人しくおし」

皇后は傍らに置いてあった箱をそばにいた宮女に渡す。宮女は箱からなにかを出して犬たちに与えた。犬たちは途端に鳴き止んで、無心で食いつく。食べているのは干し肉のようだ。空腹で不機嫌だっただけか。皇后ばかりか犬にまで歓迎されていないのも悲しい。

「ああ、そういえば縁戚の菓子屋から胡桃《くるみ》菓子を贈ってもらったの。たくさんあるから……朱麗、よかったら召し上がらない？」

「胡桃菓子！　私、好物なんです」

「そう。じゃあすぐ届けさせるわね」

なんだ、意外と優しいじゃないか。圭鳳を嫌いなだけであって基本的には親切なのかもしれない。夫を殺そうとするぐらいだから、普通ではないのだけれど。胡桃菓子は大好きだが、当初の目的を忘れないようにしなくちゃ。

「皇后陛下、ありがとうございます。それでは失礼いたします」

皇后の住まいをあとにする。

無理矢理ではあったがひとまず後宮の主である皇后に会えた。あとはこう、もうちょっと話ができるようになるといいのだけれど。とはいえ、朱麗は妃ではないので気軽に訪ねることもできないだろう。

「陛下、不在のあいだに奏上も溜まっておりますので、俊宰相《しゅんさいしょう》殿も困っております。そろそろ参りましょう」

功弥にそう言われるが、圭鳳は気が乗らないようだ。

「わかったよ。朱麗を送り届けたらな」

「私は沙那と戻りますから大丈夫ですよ。陛下は執務にお戻りくださいませ」

「俺も胡桃菓子を食べたいんだよ。皇后の出自の洋氏は飲食業で財を成している。優秀な料理人も多い。洋氏の菓子は美味なのだ」

「そうなんですね」

「はやく戻って胡桃菓子を食べよう」

「……わかりました」

子どもか。皇帝なのだから皇后に頼んで送ってもらえばいいのに。

「なんか皇后陛下が陛下を嫌いなのわかる気がする」

「なんか言ったか?」

なんでもございません、と返事をしてこっそり溜息をつく。殺したいくらい嫌いっていうのは想像できない。けれど、子に恵まれず悩んだに違いないのに、他の女子を連れてきて「世話をよろしく」と言われるのも腹が立つだろうな。後宮の主は皇后、皇帝の世継ぎを儲《もう》ける後宮を守るのが使命だとはいえ……。

「真っ直ぐ帰るのもつまらない。少し遠回りして戻ろう」

皇后に同情しすぎるのはよくない。私は皇帝の絵師。しっかりしなくては。

「陛下、お仕事したくないんですね?」

「そう言うな。後宮は広いからな、少し知っておかないと迷うぞ。案内しよう」

「陛下が一番お詳しい感じですよね」

「そりゃ長い間ここにいるからな」

圭鳳に任せ、散策しながら万両宮へと戻る。本当に美しい庭園だ。草花の絵を描くには事欠かない気がする。

「天気のいい日に外で絵を描こうと思います」

「それは名案。好きに過ごすがいい」

功弥が気を揉《も》んでいるのが面白かったが、ゆったりした時間を過ごしつつ、万両宮へと戻ってきた。

万両宮の庭にはその名の通り万両がたくさん植えてある。圭鳳は万両の木の傍らに立って、真っ赤な実に触れていた。

「万両は商売繁盛、家が栄えるなどと言われる縁起のいい木です。見た目も可愛いですし」

「ふうん。よく知らん」

「せっかく万両宮というのだから、描いて飾ろうと思います。いかがでしょう？」

「好きにすればいい。反対はしない」

「ありがとうございます」

そこでふと思い立って、朱麗は文机に向かった。紙を取り出して筆を持つ。

「なんだ、いまから描くのか？」

庭から戻った圭鳳が、後ろから覗き込んでくる。少し邪魔だなと思ったが、まぁいい。圭鳳に絵を描いているところを見せるのも初めてだ。

細かく切れ目の入った葉、深黄色の花。咲き姿はとても可愛らしく、同時に力強さも感じる。

「福寿草か」

「おっしゃるとおりです。長寿や花の色から金運の象徴ともされています」

「根と葉には毒があるって知っていたか？」

「ええ。ですが薬にもなると聞きますよ」

無心になって絵を描く時間が愛おしかった。たまに圭鳳と言葉を交わして、また筆を動かして。これを飾ることを想像し、別な絵も描きたくなる。こんなに自由でいいのか。筆を取り上げられたり、紙を破られたりしないんだ。いつの間にか功弥も他の宮女も集まってきて朱麗の仕事を見ている。

「できました」

円を描くように、いくつも黄色い花を連ねてみた。掛け軸にして飾れるようにするのはどうだろう。

「これは皇后のために描いたのか」

「はい」

そのとき、ひとりの宮女が「朱麗様、皇后陛下よりお届け物です」と包みを持ってきた。

「お菓子ですね。ありがたくいただきましょう」

「朱麗様！　楽しみですねぇ。早速お茶をご用意してきますので、お待ちくださ い」

「沙那。あなたも一緒に食べよう」

やったーと拳を上げながら、沙那が支度をしに行く。

絵を仕上げたところに菓子が届くなんて嬉しいな。真っ新な白い紙に福寿花の黄色い花が咲いた。見ているだけで心が明るくなっていく。

「皇后陛下は絵はいらないとおっしゃいましたが、菓子のお礼をしたいと思います。捨てられてもかまいません」

「捨てはしないだろう。いい絵だ」

「ありがとうございます。陛下もご希望があればお申し付けください」

「……考えておく」

圭鳳と話をしていると「お待たせしました」と沙那が胡桃菓子とお茶を持ってき

てくれた。圭鳳も卓を囲む。功弥はまだ庭にいた。

「功弥殿も一緒に食べましょう。さぁ、沙那もここへ座って」

「あっ茶杯が足りません！　お持ちしますので少々お待ちください！」

功弥を呼んだから照れているのか、沙那はまた奥へ戻ってしまう。どうにかふたりを隣同士に座らせたい。位置を考えなくては……。

「うまそうな菓子だ」

圭鳳は早くも胡桃菓子を摘《つ》まんでいる。

「陛下、いかがです？　やはり都の菓子は美味しいのでしょうね」

「うん。そうだな」

二つ目を口に入れている。甘い香りも漂ってきて食欲がそそられる。朱麗もひとつ取って口に入れようとした。その手を圭鳳に止められる。

「食べるな」

どうしたのかと思ったら、圭鳳は胡桃菓子が載った皿を庭に向かって投げ捨てた。

「どうしてですか！　せっかく皇后陛下がくださったものなのに」

いくらなんでも酷い。抗議しようとしたら、圭鳳が咳《せ》きこんで大量の血を吐いた。

「陛下!!」

嘘でしょう？　あまりの出来事に足が竦む。功弥が「侍医を呼べ！」と叫んだ。

「……食べるな。功弥、あの菓子を焼き捨てろ。残っているなら誰も手を付けるな！」

「承知しました」

功弥は「他に菓子を口にした者はいないか！」と声をかける。皆首を振っているのでどうやら大丈夫な様子だ。朱麗は懐から手巾を出して圭鳳の口に当てる。

「陛下、しっかりなさってください。まさか……菓子に毒が？」

奥から戻ってきた沙那が悲鳴を上げている。

「沙那、落ち着いて！　皆と一緒に侍医の方を呼んできて。早く！」

「は、はい！」

どうしてこんなことに？　菓子に毒が仕込まれていたのは間違いない。とすると犯人は皇后しかいない。狙いは私？　ぞっとして鳥肌が立つ。

「しっかりなさってください！」

「わかりやすいな。こう何度もやられるとさすがに体が辛い」

圭鳳は、ごふ、とまた血を吐いた。こんなに大量に血が出てしまってどうしよう。

激しく胸を上下させて苦しそうだ。

駆け込んできた侍医たちが血を吐いている圭鳳を見て、真っ青になっている。

「いただいた胡桃菓子を食べたのです。あの菓子は……」

皇后から貰ったと叫ぼうとしたとき、朱麗の腕を圭鳳が摑む。首を横に振り、言うなと目で訴えている。

「ど、どうして……？」

「誰から貰った菓子なのか言ってはならぬ」

皇后に復讐をするんじゃなかったの？

命を狙われたのは朱麗かもしれないし、圭鳳かもしれない。先に食べていたのが朱麗だったら？　真っ先に手をつけたのが朱麗だったなら？

「甘い物に目がなくてね。俺は大丈夫だから心配するな。なんとなく予感はしていた」

「……もしかして、陛下……毒見をしたのですか？」

「きみが無事でよかった」

また咳きこんで床に血だまりが広がる。

「あ……ああ、陛下！」

呼吸が緩慢になって、圭鳳は目を閉じていく。吐き出した血が床に広がっていく。

朱麗が描いた福寿草の絵に、血が染みていく。

＊　＊　＊

ひんやりとした廊下を歩く。提灯《ちょうちん》の明かりが揺らめきあたりを照らす。圭樹は夜中、城の誰もが寝静まってから、献上されたという甘味を持って刃栄の部屋を訪ねた。ひとりで食べるには量が多い。

「刃栄、いるか？」

「陛下。こんな夜遅くにどうされましたか？」

ん、と籠を差し出すと開けてみて「胡桃菓子！　美味しそうですね」と刃栄は目を輝かせた。胡桃は刃栄の好物だ。

「私も頂き物の団子があるのです。陛下、一緒に食べましょう。茶を淹《い》れます」

「団子もいいな。小腹が空《す》いてきたところだ」

「夜中に甘い物を食べたら朝餉が入りませんね」

「気にしないよ、そんなの」

刃栄は立ち上がって衣の襷《たすき》を結び直した。襷は墨で汚れている。火鉢に載った鉄瓶から急須に湯を注ぐと、茶葉の香りと湯気が立って部屋の中空に消えていく。

「陛下、寒くありませんか？　もう少し火鉢に寄ってください」

たしかにちょっと寒い。というか、刃栄の部屋はいつも寒い。温かい部屋で描いていると絵が腐るという。本当だろうか。

刃栄が出してくれた茶をすすって、団子を食べる。柔らかくて好みの味だった。

「なかなか美味しい」

「昼間、画材屋の主人が買ってきてくださったんです。都の団子だそうで。お気に召したのでしたらまたお願いしましょう」

一個食べて次に手を伸ばす。美味しい。続けて一個口へ運ぶ。この団子、是非また食べたいな。都の菓子は美味しい。「お前も食べろ」と勧めると「では、いただきます」と胡桃菓子を一個食べて、二個目を口に入れて、三個目を躊躇ったので口に突っ込んでやった。

「昨夜も遅くまで明かりが消えなかったな」

問われて刃栄はもごもごと菓子を茶で流し込んだ。

「ということは陛下も起きていらしたのですか？」

「眠れなくて」

「皇太后陛下、ご心配ですものね」

「別に心配で起きていたわけではない」

前皇帝、圭樹の父が亡くなってすぐ母が病に臥せた。なかなかよくならずにやせ細るばかり。それでもいくらか体調のいいときは後宮の庭園を散策していたが、ここ半年ほどは寝たきりの状態が続いている。

燭台に灯ったたくさんの明かりの中で、刃栄は絵を描いていた。彼が腕を動かすとき、呼吸をするとき、蠟燭《ろうそく》の火が揺れる。

圭樹は机に頰杖をついて、刃栄の筆の動きを見ていた。

「これ、なんの絵?」

「病魔退散です」

耳がつんと立っていて、丸い顔、丸い目で黒い翼を持つ生き物が、月のまわりを何匹も飛んでいる。

「蝙蝠《こうもり》だな。気味が悪い」

「福を招いて健康を祈るものですよ、蝙蝠は」

「ふうん。健康を祈るならもっと華やかで可愛いものを描けばいいのに」

「よく見れば可愛らしいお顔をしていますよ。蝙蝠は皇太后陛下のご希望です」

命じられたら絵を描くのが絵師ですから、と刃栄は笑った。

「あの女らしい趣味だな」

「そのような呼び方をなさってはいけませんよ……」

「なんだ刃栄、お前……」

あいつの味方なのか？

つい言いそうになり「楽しいか？」と誤魔化す。その誤魔化しもきっと刃栄にはわかっている。口には出さないが心の中では子どもっぽいと笑っているんじゃないかと恥ずかしかった。

「ええ、楽しいです。必要とされる絵を描いているので」

「仕事でも？」

「仕事でもそうでなくても楽しいほうがいいです。陛下の婚礼の折にも心を込めて夫婦円満、子孫繁栄の絵を描かせていただきます」

「頼んでいないぞ」

「頼まれなくても描きます！　心待ちにしているのですからっ」

本当に楽しそうなのでなにも言えない。目を潤ませてなにを思い描いているのか、この男は。圭樹は、妻を迎えるという話が出ている。どこかの名家の娘だとか、由緒正しい一族の長女だの次女だの。才女で器量よしだとか。妻を娶って世継ぎを育てることが望ましいのはわかる。ただ、気が乗らない。

「そんなの……いらないよ」

「どうしてです？」

「この城に女子を迎えたら悲しい思いをさせる」

圭樹がそう呟くと、刃栄は筆を置いた。

「お優しいですね。陛下が心から愛するお方をお后様《きさき》にお迎えしたら、悲しい思いをさせないように大事になさってくださいさい」

「お前、さっきから説教くさいぞ」

「申し訳ございません。筆が乗っていて心躍るようで……陛下とこうして過ごすのも楽しいですし。おしゃべりになっているのですね。お許しください」

刃栄は再び筆を取り紙に走らせる。筆は墨を吸って濡れた黒髪のよう。紙の上をするすると滑り、まるで生きているかのような蝙蝠を生み出す。

刃栄は筆があればこのように素晴らしいものを描き、人の心を動かす。必要とされる。俺はひとりではなにも生み出せない。国の頂点に据えられるのは自分でなくてもいいのだ。

皇帝なんて名ばかりだ。情けなくなってくる。ひとりじゃなにもできない。この身すら守れない。

「陛下が眠れない理由はなんでございましょう?」

「増設のための掘削工事中に地中から大昔の爆薬が見つかって、処理に困っている」

「おや、大変なことですね」

「刃栄ならどうする?」

「埋めたままにしておけばいいと思います。触れなければ影響はない気がするんですけれど。いかがでしょうか?」

俺もそう思う、と言うと「陛下、誤魔化さないでください」と刃栄は顔を寄せてくる。

「本当の理由は違いますでしょう?」

「……環大《かんだい》があの女に毎晩会いに行っている」

羅賀国の宰相、洋環大。環大は父の側近であり、皇太后と愛人関係にある。父が生きていた頃から公然と関係を続けていた。体が大きく、槍術《そうじゅつ》に長《た》け、筋骨隆々の環大は羅賀の守護神とも言われていた。ふたりの関係を知っていただろう父はあまり気にかけなかった。それどころか、父は当てつけのように洋氏から後宮入りさせる女子を選んでいた。

「俺、環大の子だったりしてな」

自分でもおかしなことを口走っているとわかる。皇太后の子として育てられたが実母は違う。実母はもうこの世にはいないし、父親が皇帝である証拠もない。もはや誰の種でこの世に生を受けたのかわからないなら、生きている意味も存在理由もわからない。

「そのように考えてはなりませんよ。陛下はれっきとした先代のお子、正式なお世継ぎです」

「どうしてお前にわかる？」

「陛下は私の太陽だからです」

「またそれか。聞き飽きてしまった」

「陛下に飽きられてもずっと言い続けますよ。陛下は正しくこの国のお世継ぎであり皆の希望であり太陽。私の未来に色をつけてくださった」

「ああもうわかったから黙っていろ」

照れくさいが悪い気はしない。刈栄は心地よく欲しい言葉をくれるから気持ちが解れる。もしも兄弟がいたならこんな感じだったのだろうな。紙屑を刃栄に投げつけたら刃栄はなぜか嬉しそうに笑っている。

再び静けさが戻ってくる。なにも話さず、ただ息をしているだけの時が刻まれる。

紙の上を自在に動く筆、操る手を見ていたら、刃栄は筆を止める。

「……陛下、洋宰相殿には注意なさいませ」

止めないで描いていてほしい。その筆先からなにかが生まれているところをずっと見ていたい。

「止めるな、続けろ」

「はい」

「あの女がなかなかよくならないのは洋宰相のせいだろ。父上よりも皇太后のほうが毒に強い体だったようだな。宰相から与えられる薬に毒見もつけていないようだし。色狂いにも困ったものだな」

鼻くそをほじっていたら刃栄に「……陛下」と窘められる。

「誰も聞いてはいまい。父上が臥せると同時期にあの女のお気に入りである環大が実権を握っていったから、誰も逆らえない。俺はまだ味方が少ない」

「力があるのはわかりますが羅賀国の皇帝はあなた様ですよ。どうなされるのですか？　陛下。このまま好きにさせては……」

　刃栄は言葉を切って咳をした。

「別に好きにさせているわけではない。お前が言うとおり皇帝は俺だ。放っておけば皇太后は死ぬ。あの女の側付に裏を取るよう根回しをして証拠を押さえる。宰相を失脚させる」

　圭樹は話しながら胡桃菓子を一つ口に入れた。これも美味しい。二つ目に手を伸ばしたら刃栄に止められる。

「なんだ？」

「だめです、陛下」

　また刃栄は咳をする。口を押さえていた指の間から血が散らばった。

「じ、刃栄！」

　血を吐いた刃栄は、床に倒れこんで苦しそうに咳を繰り返す。これは毒だ。茶？　違う、胡桃菓子だ。団子はなんともなかった。菓子は誰の手を通ってきたのだ？

「まさか……刃栄、大丈夫か！　いま侍医を呼ぶから！」

「大丈夫です、私は……」

　立ち上がったときだった。喉に刺すような痛みが走った。その違和感に咳をしたら、蝙蝠の絵に血が飛んだ。

「陛下！」

だんだんと痛みが強くなり、喉が熱く、更に腹が痛い。眩暈がして、刃栄の姿が消えた。床に転がったのだと気づいたときには、息ができなかった。

「誰か！　侍医を呼べ！　陛下が菓子を食べて血を――！」

そんなに叫ぶな、刃栄だって血を吐いているのに。お前のほうがたくさん胡桃菓子を食べた。三個目は俺が口に突っ込んでしまった。あれがなければ大丈夫だったかもしれないのに。菓子を持ってこなければよかった。なにが皇帝だ。友に毒のある菓子を与えてしまうなんて。

ごめんな。謝りたいのに声が出ない。目の前に墨をぶちまけられたように圭樹は意識を失った。

鳥の囀りに目を覚ました。

ここはどこか、なにをしていたのかを思い出すのに時間がかかったが、どうやら自分は生きているのだと理解ができた。

「陛下が目を覚まされました！」

刃栄の部屋で倒れてから、自室に運ばれたらしい。

人が駆けまわっている。数人の侍医が取り囲み、脈を取るなどしている。少し腹が痛いが耐えられないこともなかった。大丈夫だと答えると安堵の空気に包まれた。

ゆっくりと上体を起こし、与えられた苦い薬湯をなんとか飲み、また横になる。

「母上のお加減はどう？」

一応の呼び名を口にすると「陛下はお優しい」と白髪頭の侍医が涙する。まだ死なないのかという意味なのに。

「臥せっておいでですので、こちらへこられるのは難しいかと。ですが、とても心配されていましたよ」

皇太后が死んだから圭樹に順番が回ってきたのかと思ったが、そうではなかったらしい。

「別にいい。母上には俺は大丈夫だと伝えろ」

「承知しました」

「俺はどれぐらい眠っていた？」

「二日です」

菓子に毒を入れたのは環大に決まっている。刃栄は別室で手当を受けているのだろう。

「俺は胡桃菓子を食べた。あれは城に献上されたものらしいが、誰の手を通ってきたのか調べろ」

「陛下、既に犯人と思われる者を捕らえております。ご安心を」

「……捕らえた？　ずいぶんと早い」

「はい。とはいえ虫の息ですので、刑が確定する前に死ぬのではないかと」

「取り調べをしたのか」

「ええ……刃栄は地下牢《ろう》に繋いでございます」

がばと起き上がる。拍子に咳きこんだけれど、そんなのお構いましだ。

「陛下、まだ無理をなさってはいけません！」

「うるさい！　なんてことをしたのだ。間違いだ、刃栄は犯人ではない！」

侍医はおろおろしだした。どうして刃栄が犯人扱いされるのだ。なにがあったのだ。

「我々が駆けつけたときに陛下のおそばにいたのは、あの男だけで……それにお部屋には団子と茶しかございませんでしたが？　その団子は刃栄が用意したものだと」

「団子しかなかった？　そんなわけがない。あの団子は食べても異常はなかったのだぞ。ちゃんと調べろ！　誤魔化せば首を刎《は》ねるぞ！」

「は、も、申し訳ございません！」

「俺が持って行った胡桃菓子があったはずだ。その菓子は都の店からの献上品で、履歴も残っているはずだろう！」

侍医が首を捻っている。わかっている、この爺《じい》が悪いわけではない。現場を調べる前に何者かが毒入りの胡桃菓子を持ち去ったのだ。刃栄に罪を着せるために。

「刃栄の部屋には団子もあった。だが先に団子を食べたのは俺で、なんともなかった。胡桃菓子を先に食べて血を吐いたのは刃栄。あいつは俺を助けてくれたのだぞ！　いますぐに釈放しろ」

「ですが、洋宰相殿が……」

「皇帝は俺だぞ、どっちを信用するのだ！」

侍医たちが止めるのも聞かずに寝台から抜けて、よろめきながら剣掛けまで行き抜剣する。

「斬るぞ！」

「陛下！　どうぞお静まりください！」

手当をして尚《なお》こんなに体中が辛いのに、刃栄はどうしているのだろうか。きっと手当もろくにされていないうえ、拷問も受けたに違いない。

こいつらはなにを考えているのだ。一緒にいたからといって、きちんと調べもせずに犯人扱いをするなんて。環大の言いなりだ。こんなにも自分の味方がいないとは思わなかった。

「あいつは俺よりも多くの菓子を食った。死んでしまう！　いますぐに手当してやれ！　俺を刃栄のところへ連れていけ！」

体を支えてもらいながら圭樹は地下牢へと急いだ。冷たく湿った牢の中で、刃栄は倒れていた。そばへ寄ると、床にたくさん血溜まりがあった。

「刃栄」

圭樹の呼びかけに反応せず、指は一寸も動かない。ぐったりとして顔から血の気が無くなっている。

「おい、刃栄。死んだのか」

指がぴくりと動く。なんとか力をふり絞って圭樹に合図を送っているように思え、その場にへたり込みそうなほどにほっとした。そして安堵を上回るほどに腸《はらわた》が煮えたぎる。

「すぐ助けてやる。もう大丈夫だ。しっかりしろ」

握った手は雪のように冷たい。圭樹が眠っていた二日のあいだ、刃栄はここに放置されていたというのか。このままでは確実に死ぬ。

「お前たち！　刃栄を俺の部屋に運び早く手当をしてやれ。絶対に死なせるな！」

刃栄が担架で運ばれていくのを見送る。圭樹も側近たちに支えられながらゆっくりと地下牢を出口へ向かう。表へ出ると数人の兵と官吏を従え環大が立っていた。

皆、圭樹に気がつくと一応の礼儀を守るが態度がぞんざいだ。圭樹も年の割に背が高いほうだが、環大はもっと大きい。支えてくれている者たちから離れ、わざとそばに寄って下から睨みつけると「おっと、失礼いたしました」と環大は跪いた。

「陛下、この度は……しかし、ご無事でなによりでございます」

なんとしらじらしい。毒を盛ったのはこいつの手の者に違いないのに。

「心配ご無用。幸い死なずに済んだ。それよりも、刃栄の拘束は完全に誤認だ。連れて帰る」

「どうやら最初に駆けつけた者たちが、早とちりで刃栄を捕らえたようです」

「ならば訂正しろ。刃栄は犯人ではない。先に毒を口にしてしまったのはあいつだ。

だから俺は少量で助かったのだ」

「承知いたしました」

「お前、わざと刃栄を牢へ入れたな?」

「まさか。滅相もございません」

わざと手当を遅らせ、そのまま死なせるつもりだったに違いない。問い詰めたとしてものらりくらり躱すのだろう。

「俺はあまり胡桃菓子を食べなかったからな。誤算だったな」

「なんのことでございましょうか」

顔を下げているので表情は見えないが、男が鼻で笑うのがわかる。

「環大、俺は父やあの女のようにはいかないと思え」

「陛下はなにか誤解をなさっているのでは……」

「とぼけるのならそれもいい」

皇太后はまもなく死ぬのだろうから一緒に葬ってやる。父を殺しあの女も手にかけ、圭鳳も殺せば環大が羅賀国の頂点に立つのだろう。そうはさせない。

「大事な友を傷つけたことは許さない。俺は簡単には死なないしこの国は渡さない。覚えていろ」

環大の眼光に怒気が滲んでいる。怒れ。そして自分を見失って地獄へ落ちろ。お前は人間でなくただの獣だ。

刃栄は昏々と三日間眠り、治療の甲斐《かい》あって命を取りとめた。侍医たちをずっと「死なせたら城から追い出す」と脅してしまったので、労をねぎらい褒美を与えた。看病をしていた者たちも刃栄の様子に安堵の色を見せていた。

やっと目を覚ました刃栄はまだ体を起こすことも、しゃべることもできなかったが、開いた目は圭樹のことをしっかり見ていた。細められたので笑っているのがわかる。

「無理をするな。しっかり治せ」

声をかけると刃栄は掛布から手を伸ばしてきた。その手を摑んで温《ぬく》もりを確かめる。ちゃんと生きている。

「仕事道具をここに運んだ。しばらくはこのまま俺の部屋にいろ。ここで養生しろ」

刃栄が横になっている寝台のそばに文机を置き、その上に画材を並べていつでも絵を描けるようにしてやった。

「刃栄、死ぬことは許さない。いいか、生きて俺のそばで絵を描け」

「お前は旭氏で稀な存在。皇帝の絵師になりさらに特別な男なんだぞ」

「へい、か」

圭樹は刃栄がいつも使う筆に赤の絵具を付けて、刃栄の額にある白詰草の葉が三枚並ぶ形の痣に四枚目を付け足した。手鏡を持ち、額を見えるようにしてやる。

「ほら、白詰草の葉は基本的に三枚だが稀に四つ葉が見つかるだろう。珍しいから四つ葉をお守りにしたり願いを込めたりするだろう。だから、これが俺の願いだ。俺にはお前みたいに特別な力はないが、刃栄を特別にすることはできる」

だからはやく元気になれ。刃栄は涙を流していた。

「泣いている暇があったらはやく元気になることだ。一緒にうまい胡桃菓子を食べよう」

あははと笑うと刃栄がまた目を細めた。そして静かに瞼《まぶた》を閉じる。

圭樹は「刃栄」と名を呼んだ。反応がなくて、侍医は「眠ったようですね」と静かに言った。

そうだ、眠れ。いまはなにも心配いらない。そばについているから安心して体を癒すがいい。

「大丈夫か、刃栄は」

「脈も安定してきましたし、危険な状態は脱しました。もう安心です」

「よかった……」

深くため息をつく。安心したせいか疲れが出てしまったようだ。

「陛下も休みませんと」

「いや、俺は大丈夫だ」

「ずっと刃栄の看病をしていらっしゃったのですから。陛下が倒れてはどうにもなりません」

刃栄のそばにいたかったが側近たちにも「どうか休んでください」と必死に頼まれたので自分の寝室へいくことにした。部屋を振り返ると刃栄は静かに寝息を立てている。

それから刃栄は圭樹とともに順調に回復していった。

ふたりともすっかり体調が元に戻ったある日のこと。午前中の執務が終わり、午後からの外出を控え昼餉のあとの茶を楽しんでいるときだった。

「陛下。刃栄が来ております」

「入れ」

やってきた刃栄は息を切らしている。

「そんなに急いでどうした」

「陛下は午後から都に外出されると伺ったので、その前にお見せしたいものがございまして。お時間いただけますでしょうか」

「わかった。まだ時間がある」

神妙な面持ちなので世間話でもないと思い、人払いをする。「そばへ」と合図をすると刃栄は近寄ってきた。

「見せたいものとは」

「大事なこものでございます」

「なんだ？」

「こちらをご覧ください」

刃栄は人差し指を立てて己の額を差す。

「なんだ？　額の痣がどうした」

「おわかりいただけましたか？」

「もったいぶらずに……あ」

なにかと思いよく観察すると、額の白詰草の葉の痣が変わっている。

「三枚から四枚に増えている。絵具で描いたのか？」

「刺青を入れました！」

なんとも嬉しそうに言う。圭樹は呆気に取られた。まさか顔に刺青をするとは思わなかった。特別にするなんて言ってあんなことするんじゃなかったと圭樹は後悔をする。

「……痛くないのか」

「痛くはありません。嬉しかったので」

「なにやってんだよ、お前」

「嬉しかったので！」

弾ける笑顔を見ていると、こちらまで幸せな気分になってくる。

「本当に刃栄はおもしろいやつだな」

「そう言っていただけて光栄です。これで私はどうなっても陛下に見つけてもらえます」

「不吉なことを。水死体にでもなるつもりか」

「だとしても、この四つ葉が陛下の元へ連れていってくれます」

「……はいはい。土産を買ってこよう。なにがいい？」

「なにも。陛下の無事のお戻りが一番の土産です」

「言うと思った」

しばらく刃栄と過ごしたあと、外出の支度をした。甘味処《どころ》でたくさんの菓子を土産にしようと思う。

翌年のうだるような暑さの夜。皇太后が逝去した。遺体はやたらと肌が白くて、まるで蠟燭みたいだった。別に涙も出ないし悲しくもない。形式的な弔いに時間を割かれる日々は苦痛でしかなかった。

刃栄は圭樹のそばを離れなかった。逆かもしれない。圭樹が刃栄のそばを離れられなかったのかもしれない。離れたら心が死ぬと思った。ひとりになりたくなかった。

弔いが終わると、圭樹は環大に、永灯の都から遠く離れた湿地の開拓任務を命じる。手柄にもならない土地での任務。湿地なので開拓したところで用途が知れている。しかし、その土地を治めさせよ、などと大臣たちに適当に言いつけて追い出すようにして送ってやった。

環大の目を遠ざけ、皇太后の宮女の証言などを洗っていた矢先のことだった。環大は突如挙兵し、羅賀城を襲撃した。

夜中の奇襲だった。戦いに慣れ城内をよく知る環大は、効率よく真っ直ぐに皇帝の首を取りに現れる。無傷の体軀《たいく》は城を守ろうとした兵士の血で染まっていた。辺境の地で恨みを募らせていたのか、目は怒りに燃えて、血まみれの姿はまるで地獄からきた鬼だった。

「死ね、圭樹。お前なんか生まれてこなければよかった」

環大は、守ろうと立ちはだかった刃栄の腕を斬り、逃げる圭樹の胸に槍を突き立てた。

第四章　千年《ちとせ》

後宮で皇帝が何者かに毒を盛られたという知らせは、羅賀城じゅうを駆けめぐる。圭鳳への手当は、そのまま万両宮で行われた。朱麗が看病を買って出たからだ。

「いまは脈が安定しております」

侍医長の言葉を聞いて安堵する。飲んでしまった毒の量はわからないが、吐血の量が尋常ではなかった。なんとか回復してほしい。

「城に戻ってきたばかりだというのに、こんなことに……」

胸の前で組まれた手は、大量の出血のためか指先が白くなっていた。爪のあいだに血が挟まっている。

「陛下は丈夫なお方です。大丈夫です」

幼い頃から見ているであろう侍医長の言葉は信頼できた。そばにいる私たちが回復を信じなくてどうするのか。

「朱麗様、薬と湯を持ってまいりますので、しばし離れます。半刻《はんとき》ほどで戻りますので」

「わかりました。私が見ていますので大丈夫です」

侍医長は部屋を出て行った。

朱麗は眠る圭鳳を見守りながら、そばで絵を描いた。松の木の下で凛《りん》と立つ獅子《しし》の絵だった。獅子は魔除け、松は病に負けないように。一日も早く回復しますように。無事に目を覚ましますように。冷たいままの圭鳳の手を握って、心から願った。

侍医長が戻ってきてすぐ、月桂妃と胡蝶妃が見舞いにきた。双子の妃は同じ顔と仕草で、涙を浮かべて心配していた。

圭鳳が眠っている部屋には侍医たちがおり、朱麗たちは隣室で見守る。目を覚まして声をかけられたらすぐそばへ行けるように。部屋に用意されている円卓を皆で囲んだ。沙那が茶を出してくれる。双子はため息をついた。

「陛下、災難続きで心配ですわ」

「心配ですわ、お姉様」

「胡桃菓子に毒が仕込まれていたのですって」

「ですって、お姉様」

姉が月桂妃の華涼《かりょう》、妹が胡蝶妃の華泉《かせん》という。口元に黒子があるほうが姉だそうだが、よく見ないと正直わからない。ふたりとも朱麗よりひとつ年上だそうだ。

「薬湯が効いているようで、脈も安定しているそうです」

「そうなのですか……もし亡くなったら私たちどうしたらいいのでしょうか」

「亡くなったら」

不穏な部分を二度繰り返さないでほしい。

「縁起でもない。大丈夫です、きっと。いままでも大変なお怪我から回復された方なので」

「そうですね。陛下、はやく元気になってほしいですわ。木登りをして遊びましょう」

「遊びましょう、木登りで」

双子は同時に涙を零す。遊びの内容は別として、このふたりはちゃんと圭鳳に情があるのだな。更に襲ったりはしなさそう。ここで斬りかかられたりしたら、悪運の強い圭鳳でもさすがにだめだろう。

「……玉岳の方なのですものね、朱麗様」

「ええ」

妹の華泉がもじもじしながら聞いてくる。姉の華涼が「自分で頼みなさいね」と背中をさする。

「あの、どうされましたか?」

「ええと、朱麗様」

「朱麗とお呼びください」

「では朱麗。お願いがございます」

「なんでございましょうか?」

華泉が頬を染めてじっとこちらを見つめる。長い睫毛、潤んだ瞳、つぼみのような唇。なんて可愛いのだろう。なんでも願いを聞いてあげたくなる。

「おまじないの絵を描いていただけませんか」

そういえば、沙那に買いてやった絵が噂になっていると聞いた。彼女も聞きつけたのだろう。

「お安い御用です! 心を込めて描きます」

「嬉しい。ありがとうございます」

姉の華涼がよかったわね、と喜んでいる。

「では華泉妃殿下、お願い事を伺ってもよろしいでしょうか?」

「はやくお子を授かりたいのです」

ぎゅっと衣を握りしめて、心の底からの願いに思えた。

「……承知いたしました。では早速」

朱麗は立ち上がり、圭鳳から贈られた画材箱を持ち出す。壁に避けてあった文机を引っ張ってきて用意し、積み上げられた紙の束から一枚抜き取って広げた。そばに華泉が寄ってくる。その横に華涼も並ぶ。

「もしかして、いまからお描きになるの？」

「はい。出来上がったらお持ちしますので、お住まいでお待ちください」

取りかかろうとしたら、ふたりがなにか相談をして「あの」と言う。

「ご迷惑でなければ、ここで見ていてもいいかしら？　陛下の様子も心配ですし」

「もちろんです」

皆の願いが込められた絵を描けそう。朱麗は祈りながら筆を走らせた。

「これは、雀《すずめ》ですね。雀が……蝶と一緒に遊んでいる」

「おっしゃるとおりでございます。雀は子孫繁栄。蝶は華泉妃殿下の住まいである胡蝶宮から、夫婦和合。妃殿下の皆様の住まいの名は草花から取ったと聞いております。胡蝶宮は胡蝶蘭から名付けたのだと思いますが、華泉妃殿下の願いなら胡蝶が相応しいので。願いが叶いますように」

できあがった絵を渡すと、華泉は「嬉しい」と声を弾ませる。

「素敵だわ！　ありがとうございます、朱麗。額に納めて部屋に飾りましょう」

「いいわね、素敵」

双子の姉妹は一枚の絵を見つめてにこやかだ。描いてよかったな。でも、ひとつ気になることがある。妹の願いだけでよいのだろうか。ふたりとも圭鳳の妃なのに。

「あの、華涼妃殿下はよろしいのでしょうか？」

姉の華涼は「いりません」と首を振る。

「華泉が子に恵まれれば、私は生きる理由ができるので」

ずいぶんと重い理由だ。華泉は嫌そうな顔はしておらず、心から妹を思っている様子だ。

「お姉様は生まれつき心臓が弱いのです。子は望めないと言われています」

「そう……だったのですか。申し訳ございません」

「謝る必要はありませんよ。私たちふたりの願いですから」

ね、と姉は妹の肩を抱く。

「領地を争う戦に負け、私たちの一族は住むところを追われました。身寄りがない私たちは相手の部族にとって戦利品でした。そこを救ってくださったのが陛下です。陛下がいなかったらどうなっていたか。ですからおそばにずっといたいのです」

そんなことがあったのか。薄幸な娘を拾ってくるなんて言って悪かったかもしれない。

「朱麗もそうなのでしょう？　玉岳で貧乏な一族に生まれ親戚をたらいまわしにされたうえその日の食べ物に困る生活をしていたそうですね。そんなとき陛下と出会い、苦しみから救っていただいたと聞いたわ」

ちょっと待って。歪曲《わいきょく》しすぎて面白い話になっているじゃないの。朱麗は思わず吹き出した。

「あはは。その話はいったいどこから？」

「後宮ではもっぱらの噂なのよ」

「そうなんですね」

もっぱらの噂なら訂正する気にならない。もうどうでもいい。

丁寧に何度も礼を言いながら、姉妹は帰っていった。陛下が目覚めたら知らせて欲しいと言い残して。

たしかに、圭鳳と出会わなければ、朱麗は玉岳で自分を偽り続けて暮らしていただろう。一族を守る理由がなければ心の空洞は埋められなかった。剣を振り回し、自由になれるのは部屋に閉じこもったときだけ。

それも本当の意味で自由ではなかった。両親に疎まれ、絵を描くことを禁じられ、筆を剣に持ち替えて偽りの幸せを守っていた。だから圭鳳は救ってくれたのかもしれない。そんな生活から。


翌日も圭鳳は目を覚まさなかった。

朱麗はとにかく祈るしかなかった。このまま目覚めなかったらどうしよう。なにより、菓子に不審を感じ、毒見をしてくれたことが胸に伸《の》し掛かる。執務に戻らず朱麗の住まいに来たのも、菓子を確認するために違いなかった。菓子を受け取らなければよかったと、後悔しても遅い。

死なないでほしい。朱麗は圭鳳の腕をまくり上げ、その肌に筆を走らせる。描く髑髏《どくろ》は再生を意味する。もし死の淵《ふち》にいるのなら、戻ってきてほしい。耳を澄ませ私の声を目指してきて。ここに、待っています。逝かないで。いつの間にか涙を落としていた。

二日眠らないとさすがに体にこたえる。鏡を見ると、目の下にくまができていた。そしてくまよりも気になるのは、額の白詰草の葉みたいなやつだ。

「……心なしか濃くなっている気がする」

疲れのせいだろうか。虫刺されというより痣《あざ》で、しかもふたつだったのにみっつに増えている。三つ葉に見える。圭鳳に貰った塗り薬を塗っても変わりがないので使うのを止めてしまったのだけれど、それがよくなかっただろうか。

朱麗はため息をつき、圭鳳が眠る寝台に寄りかかった。疲れているとはいえ、眠ってしまっては圭鳳の様子がわからない。なにかあってからでは遅い。何度かうとうとしてしまい、深く眠ってしまわないようにと頰を叩き無理矢理目を開けた。

真夜中の闇に包まれ、部屋中に静けさが広がっている。

突然、静寂の中を這《は》うようにして衣擦れの音が聞こえた。目線を上げ、見えたものに悲鳴をあげそうになる。

「こ、皇后陛下」

燭台の明かりの中に浮かび上がるように、部屋の入口に紫色の衣姿の皇后が立っていたのだ。いつの間に入ってきたのだろうか。

「おひとりですか？」

ぼんやりとした表情の皇后はなにも答えなかった。朱麗はもう一度「皇后陛下」と声をかけた。

彼女はぶつぶつとなにか言っている。

「まだ生きているの？」

聞こえた言葉に背筋が冷える。

一歩、また一歩と皇后はこちらに歩み寄ってくる。皇后の様子にぞっとして、眠る圭鳳を庇《かば》って立ちはだかった。

「この男はまだ生きているの？　どうしてかしら」

おかしいわ、と皇后は首を傾げる。

「……皇后陛下、本当にあの菓子に？　なにかの間違いであってほしかったのですが」

「他に誰がいるっていうのよ」

「なぜですか？　せっかく無事にお戻りになった陛下に毒を盛るなんて。このように臥せっておられることをなんともお思いになりませんか？」

「なんとも思わないわ。それに戻ってこなくてよかったのよ。あなたが助けたりしなければ、圭鳳は野垂れ死にしただろうに。余計なことをしてくれたわ」

やっぱり、圭鳳を陥れて襲わせたのは皇后か。朱麗が助けたから恨んでいる。ふたりとも殺そうと菓子に毒を入れた。

皇后は先日福寿宮で見たときよりもさらに年老いて見える。唇はひび割れ、頬はこけて眉間に深い皺が刻まれている。

どうしてこんな姿なのだろう。

ちょっと待って。このふたりはいくつ年が離れているのだろうか。

「おかしいなって思っているでしょう。私のこの容貌を」

「い、いいえ……そんな」

「違うわね……おかしいのは私じゃないわ、この男よ」

皇后は圭鳳を指差した。彼女はどうしてこんなにも圭鳳を憎んでいるのだろうか。殺したいほどに。

「あなた、この男がばけものだって知っていてついてきたの?」

「ば、ばけものって。一体なんのことなのでしょうか」

皇后は気が触れているのだろうか。なにを言っているのか理解ができない。

「私は十八で後宮に入ったのよ。洋氏から皇帝の妃として……数年して一度子を授かったけれど、不幸にも死んでしまったのよ」

たしかにそんな話を圭鳳が語っていた。玉岳を訪れたのも、体にいいものを探し求めてのことだった。女子は好きだろう、そういうの。

圭鳳の言葉が思い出される。

「それが三十年前の話よ」

「……え？」

「私はただ年老いていく。この男は邪魔でしかない」

「こ、皇后陛下……？」

俺の隣にいたのに、紗央のことを覚えてないのか？　圭鳳のなにげない言葉が昔の記憶に繋がっていく。そうだ。たしかにどんな顔だったかは思い出せない。皇后に冊封されたのが三十年前とはどういうこと？

「玉岳で皇后陛下にお会いしたことがあって……私は」

何の話？　と皇后は首を捻る。

「玉岳なんて不吉な山奥、行ったことなんかないわ。嘘つかないで」

「そんな、私は皇后陛下にお会いしているのです。嘘なんて、どうして」

「どうしてってこっちが聞きたい。ねぇ、どうしてなの？　あなた知らない？　陛下だけずっと若々しいの。私は五十を超えたというのに」

眠っている圭鳳はどう見ても若者だ。皇后が言っていることは本当なのか。意味がわからなくて混乱する。

「出会ったときから変わらないのよ、陛下は。年を取らないの」

「意味が……わからないのですが。皇后陛下！」

「おまけに刺客を差し向けても毒を盛ってもなかなか死なないの。おかしいと思わない？」

彼女の袖から光るものが見える。短剣だ。

「この男はばけものなのよ！　そうね、身籠った子がこの世に生を受けなかったのは良いことだったのかも。ばけものの子なんて生まれてこなくて正しかったんだわ。ああもう、気が狂いそうだわ！」

叫びながら皇后は朱麗に襲い掛かってきた。

「おやめください！　皇后陛下！」

細い体のどこからこんな力が出てくるのかと思うほど、皇后の剣は強く振りおろされていく。朱麗は舌打ちをした。こんな動きにくい衣でなければもっと身軽に躱《かわ》せるのに。裾に足を取られて転んでしまった。

「痛……！」

乱暴に振りまわされる皇后の剣が、朱麗の腕を傷つけていく。

「殺してやる。殺してやる。私は自分のために後宮に入ったのだ！　こんな男が皇帝でなければよかった。ばけものの妻なんて真っ平《まっぴら》！　耐えられないのよ。私はただ年老いていくだけ！」

圭鳳から離さなければ。朱麗は咄嗟に皇后の腕を摑んで庭へ走り出た。剣を奪おうと揉みあって倒れ込んだ。腕の傷が地面に擦れ激痛が走る。聞くに堪えない恨み言を吐きながら、皇后はまた立ち上がる。

「朱麗様！」

物音を聞きつけたのか、奥から駆けてきたのは沙那だった。「皇后陛下？」と驚き竦みあがっている。

「こっちにきちゃだめ！　誰か呼んできて！」

沙那にそう指示して、朱麗は皇后と間合いを計る。眠っている圭鳳に傷を負わせるわけにはいかなかった。

「私は国母となるはずだった」

ゆらゆらと定まらない皇后の視線の奥に、黒い恨みの炎が揺らめいている。

「皇帝の子を、男児を産み育て、国の頂点に立つはずだった。妾《めかけ》の子だと私を虐げてきたきょうだいたち、あいつらを見返すはずだったのに」

唾を飛ばして皇后は叫んでいる。彼女は皇后や皇太子の母、ゆくゆくは皇帝の母という名声を手に入れたくて生きてきたというのか。願いが叶えられないから圭鳳を殺そうとしたのか。いくらなんでも勝手すぎる。

「どうか、お気を静めてくださいませ」

「静まらないのはお前があの男を助けたからだ。旭氏なんて呪われた一族、この世に存在していてはいけないのよ」

「どうか陛下、剣をお放しください！」

「黙れ。私はこのばけものを消して未来を切り開く。羅賀の為よ、わからない？　それなのにどうして邪魔するの。どうして老いず、殺したいのに死なないのだ。お前たちはなぜ生きているのだ？」

皇后は剣を両手で持ち、突進してくる。

皇后の姿が、朱麗の中にある母の記憶に重なった。

どうして生まれてきたの？　そんなおかしな子は私たちの一族にいらないのよ。

打ち消していた記憶が蘇る。

私はどうして生きているのか。本当の自分でいられないなら生きるのをやめてもよかった。そうしなかったのはなぜ？　はっきりと言い切れない。でも、揺るがないものがなくてもいい。一緒にこないかといってくれた人がいるからだ。

生きる証を与えて、私を特別にしてくれた人がいるから。

ドン。なにか温かいものに衝撃が遮られる。目を開けると、誰かの背中がある。

「陛下！」

朱麗を庇って圭鳳が皇后を受け止めていたのだ。短剣が腕に突き刺さっている。

荒ぶった犬のように唸る皇后は短剣を抜き、また圭鳳の腕に突き立てた。

「やめて！　お止めください皇后陛下！」

圭鳳は剣を腕に受けたままで「逃げろ」と言った。あんなに血を吐いて昏睡状態だったのに、なぜ立てるの？　おまけにこの剣の傷でどうして動けるの？

「ばけもの。どうしてあなたはずっとそのままなの」

口から泡を吹きながら皇后は叫んでいる。圭鳳は皇后から剣を奪うと、遠くに投げた。さっきまで臥せっていたのに、どうして？　なにがなんだかわからない。

玉岳でもそうだった。この人はなぜ怪我の回復が早いのだろう。

「ばけものでけっこうだ」

血まみれの腕を押さえて「痛いな」と呟いた。

「陛下！　朱麗様！」

複数の足音とともに沙那の声が聞こえた。圭鳳が立っているのを見て侍医長が喜びの声を上げ、皇后は功弥が取り押さえた。沙那が「朱麗様！　腕に怪我をなさっている！」と叫んで泣いている。沙那の顔を見ていたら気持ちの糸が切れる音がして、膝から力が抜けていく。

暗転する直前、圭鳳がなにかを叫びながらこちらに手を伸ばしていた。

＊　＊　＊

刃栄は環大に右腕を斬られた。美しい絵を描く腕をまるで邪魔な枝でも斬るように、あいつは斬って捨てたんだ。

圭樹は自分の胸に突き刺さった環大の槍を不思議な気持ちで見ていた。抜けば大出血して死ぬだろう。刃栄が抱いて逃げてくれているが、どうせ追いつかれてふたりとも殺される。

「じん……えい」

「森まで来ました。ここなら暫くは見つかりません。きっと助けが来ますから、それまで頑張りましょう」

「にげろ」

環大の狙いは俺だ。お前は逃げろ。逃げて故郷へ帰れ。そう伝えたいのに肺に血が入って声が出ない。

刃栄も血を吐く。なにか言っているけれど聞き取れない。ゴボゴボと喉を鳴らすだけだった。何度か血を吐いてから、刃栄は声を振り絞る。

「あなたを置いて逃げることなどできない。大丈夫、ひとりにはしません」

激しく咳きこんだ刃栄は「死なせません」と呟く。どうせもうもたない。いいから逃げろ、俺を置いていけ。

圭樹は残された力で、胸に突き刺さっている槍に手をかけた。これを抜けば刃栄を逃がすことができる。だが、刃栄は圭樹の手を止める。

深く息を吐いたあと、圭樹はもう動けなくなった。

遠くなる意識のなかで刃栄の声を聞いた気がする。

――死なせない　どうか私の主に千年の命をお与えください

圭樹が目覚めたとき、城の中にいた。己の身になにがあったか思い出すのに時間がかかった。手当がされ、胸に突き刺さっていた槍がなくなっていた。傷痕だけが、あれは夢ではなかったと語っている。

生きている。心臓を刺し貫かれたはずなのに、よく助かったものだ。まだ鼓動を続けている。

「陛下が目を覚まされたぞ！」

まわりにいた者たちが喜んで、涙を流している。皇帝軍の兵たちが森の中で倒れている圭樹を見つけ、城へ運んだという。

「……刃栄は？」

顔に擦り傷のある若い侍医に問うと、行方はわからないという。探させると、何人か「刃栄と会った」という者がいた。

「陛下は森の中にいると伝えて、城へ戻っていく刃栄を見ました」

環大は死んだという。城門で勝鬨《かちどき》をあげていた環大の真下で大きな爆発があり、木端微塵になったという複数の証言があった。

環大が目の前で死に、皇帝の圭樹が生きていると聞いた皇帝軍は士気を取り戻し、反乱軍を制圧。環大という主を失った反乱軍はあっさりと降伏した。

圭樹に一生を捧《ささ》げると誓った友、刃栄が死んだ。

逃げろといったのに、なぜ城に戻ったのか。敵将とともに死ねば俺が喜ぶとでも思ったのか。軀を抱く時間すら残さずに逝くなんて。

　家臣たちが設けた弔いの日、圭樹は皆の目を盗んで城を抜け出した。こちらの意思に反して儀式が進められ、否《いや》が応でも刃栄が死んだと知らしめられた。苦痛でしかなかった。

　無意識のうちに、いつの間にか城門まで来ていた。

「あなた様は皇帝陛下ですか？」

　声をかけられた。見ると襤褸《ぼろ》を纏った薄汚れた女子だった。そうだと答えると目の色が変わった。

「あんたのせいでうちの夫は死んだ。悪い皇帝を倒すんだって言って出て行って、死んで帰ってきた。なんであんたは生きてるんだ」

　そのようなことを叫ばれたことは覚えている。夫の名も聞いたような気がするが忘れた。

　圭樹はその場で倒れた。痛いと思った首からは止めどなく血が溢れていた。抵抗はしなかった。これで死ねるなら楽になる。

　生きていたくなかった。

　再び目を覚ますと城の自室にいた。手当をする若い侍医は涙で目を腫らしていた。

「また助かったのか」

呟くと再び若い侍医に泣かれた。

しばらくはひとりで出歩かないよう側近らに土下座で頼まれた。圭樹が生きていることで皆が喜び、安心し、泣いている。けれど、この中に刃栄はいない。

「陛下を襲った女は捕らえてすぐ、斬首刑に処しましたのでご安心を」

あの女子は死んだのか。圭樹は助かり、女は首を落とされた。

刃栄の命、たくさんの皇帝軍の命、そして名も知らぬ女の命よりもこの俺は大切にされるものなのか。

痛む傷は眠りを妨げる。眠っては目覚め、目覚めては眠る。刃栄のことを考えるとあの日の悪夢を見る。じくじくと痛む胸には槍が突き立っている。

三日後、おかしなことに気がつく。首の傷の痛みがすっかりなくなったのだ。おまけに傷口が消えている。五日後には歩けるようになった。

「陛下は驚くほど傷の治りが早い。丈夫なお体を与えられた証拠。天の加護がある」と皆が口にする。

そんなわけがないだろう。俺は普通の人間だ。お前たちと同じ。生死をさまよったほどの傷がすぐに癒えるわけがない。

思い返せば不思議だ。環大の槍だって胸の中心を貫いていたのに、どうして助かったのだろうか。確実に死に至る傷だったはずなのに。

刃栄、お前はどうしていなくなった。俺になにをしたのだ。

翌年、圭樹は城の爺たちが選んだ女子を娶《めと》った。真面目で気立てのよい女子だった。二年後には子が産まれる。子はあっという間に歩き、笑ったり泣いたりしながら成長していく。皇后は肌の衰えや白髪を気にする。年を取っていく。

妻も子も時を経ていくのに、圭樹は若い肉体のままだった。皇后はいつまでも若さを失わない圭樹を気味悪がった。日を追うごとにそれは激しくなり、いつしか皇后の心を蝕《むしば》んでいった。

そしてある日、皇后は子と自らの命を絶った。

――千年の命を

あの日の刃栄の声が響く。

妻と子の骸《むくろ》を前にし、ひとりきりになった圭樹の心をかき乱す。

＊　＊　＊

朱麗が目を覚ますと部屋が薄暗かった。

「目覚めたか？」

声がしたのでそちらに目をやると、圭鳳がいた。そういえば腕を怪我し、倒れたのだっけ。体を動かしてみると、少し痛むが寝込むほどではなかった。

「無理するな」

「大丈夫です。起きられます」

体を起こして寝台に腰掛けていると、圭鳳は茶を持ってきてくれる。

「陛下にこんなことをさせて申し訳ございません」

「やりたくてやっている」

「……陛下こそ、お体は大丈夫なのですか？　まだ回復されていないのではありませんか？　心配です」

問いかけても圭鳳は答えない。寝台のそばの座椅子に胡坐《あぐら》をかいて黙っている。

あのあとどうなったのだろう。教えてほしいのに。

「あの、皇后陛下はどうなるのでしょうか」

「質問ばかりだな……紗央はいま薬で眠っているようだ。侍医と宮女たちが面倒を見ている」

「そうですか。ですが、陛下を襲い怪我を負わせて、お咎めなしというわけはありませんね」

皇帝を殺そうとしていたのだ。ただでは済まない。宮女たちの大勢が騒ぎを目撃している。

「処分は追って申し伝える」

圭鳳はため息をついた。その腕には包帯が巻かれている。朱麗は立ち上がって、咎められるのを承知で彼の腕に手を伸ばした。

「なにをする」

問われても黙ったままむしり取るようにして包帯を解く。するともう血が止まっていた。皇后の剣をまともに受けていたのに、すぐに出血が止まるわけがない。圭鳳は舌打ちをした。

「勝手に俺の体に触れるな」

「……傷は浅くなかったはずです」

「もう平気だ。痛いじゃないか、乱暴だな」

「申し訳ございません。ですが、のちほどきちんと侍医に診ていただいてください」

そう言うと「わかったよ」と圭鳳は横を向く。この場を誤魔化して、傷を隠しているように感じる。朱麗は寝台に戻って腰掛けた。

「皇后陛下が……ご自分が皇后になられたのは、三十年前だとおっしゃっておりました」

圭鳳がこちらを向いて「そうだよ」と答えた。平然と、さも当たり前のように。

「どういうことですか？」

「まぁそう怖い顔をするな。美しい顔が台無しだ」

「茶化さないでください。私にはわけがわかりません。なにも……陛下が信じられません」

声を荒げそうになり掛布を握りしめる。

「朱麗。皇后になにを聞いた？」

聞いたことをどれから話していいのかわからない。

「もしや、陛下はなにもかも知っているのではないですか？　皇后陛下の動機を」

だとしたら私は騙されたのか？　遠く離れた城へやってきた意味は？

手が震えて包帯を落としてしまう。圭鳳は腕をさすりながらこっちをじっと見ている。朱麗がなにをするか、なにを言うか一挙手一投足を見張っているようだ。

「なにもかもわかっていて私をここへ連れてきたのではないですか？　動機を探れ、協力してほしいなんて、嘘をおっしゃった」

「騙したわけではない」

たしかに子どもの頃、玉岳で声をかけてきた圭鳳はいまとあまり姿が変わらない。だが、皇后は五十を過ぎている。

「私が幼い頃にお会いした陛下の隣にいらしたという皇后陛下とは？」

「あのときいた女子は病で死んだ」

「し、死んだって……ではいまいらっしゃる皇后陛下とは違うお方なのですか」

皇后が「玉岳に行ったことがない」と言ったのは本当だったのだ。

「やはり騙したのですね」

幼い頃に会ったのはいまの皇后ではなかった。そもそも女子が一緒にいたのか憶えていない。圭鳳だけだったのではないか。だったら、この皇帝は誰なのだ。

「陛下、あなたは何者なのでしょうか」

「俺は圭鳳だ。いまは」

いまは、とはどういうことか。

「この体は厄介だ。傷は痛い。毒は苦しい。何度も命を狙われて痛くても苦しくてもすぐ回復していく。それに……老いることがない」

「……は？」

この男はなにを言っているのだろうか。

「老いないとは？　なにがなんだか……陛下は、圭鳳様が皇帝になられたのは先代の皇帝陛下がご逝去されたからで」

そうだよ、と圭鳳は微笑む。

「父上が死んだのはいつだったかな。ずいぶんと遠い昔のことだな。病に苦しんでいて、祈禱や術で体中に生への願いを刻んで生きていた男だった。なんとしても生きていたいと」

言葉を切って、圭鳳は自分の手のひらを見つめる。

「一応、歴史書には病死とあるが本当は殺されたんだ」

何年前のことを思い描いているのか、圭鳳はつい昨日のことを思い出すように話す。殺された、と繰り返す朱麗を一瞥して話を続ける。

「俺の父、樹伸は当時の宰相に毒殺されたんだ。ついでに母もね。羅賀城と後宮で俺は生きてきたんだ。名を変えて、協力者を得て。隠れて潜んでかれこれ……」

「お、お待ちください。樹伸様とは……」

圭鳳は再び自分の手をじっと見て「五百年」と呟いた。

「五百年……？」

朱麗は混乱した。名を変える？　目の前の男は一体何者なのか、樹伸は何代前の皇帝だった？　息子の名は――。

「樹伸様のご子息の名は……陛下、あなたは……圭樹様なのですか？　旭刃栄が仕えていた」

圭鳳は深くため息をついた。そして顔を上げてにっこりと笑う。

「その名で呼ばれるのは何年ぶりだろうな」

こんなことがあるだろうか。五百年前に刃栄が仕えた皇帝、圭樹がここにいるなど誰が信じられようか。

旭氏を玉岳へと追放した皇帝だ。その理由はどこにも残されていない。一族には、刃栄が謀反を働いたとしか伝わっていない。

もしかしてそれすら嘘なのか。

「きみが絵を描くことをしなければ、そばに置こうと思わなかった。城主の申し出も無視し続ければよかった。あれは長くはもたないのだろう」

「なんの、ことでしょう。よくわかりません」

圭鳳は「まだわからないのか?」と虚ろな目で首を傾げる。その仕草は人形のように生気がなく、恐ろしかった。

「朱麗。きみは刃栄の魂と繋がっている。生まれ変わりだ」

まさか。

「そんなわけありません」

否定したい。違う、そんなはずはない。一族を不幸に追いやった刃栄と繋がっているなんて信じられるはずがない。

私は一族を守った。いまも守っている。ここにいることで彼らの未来を守っているのだから。

「刃栄と同じだ。一族に不思議な力を持つ少女が生まれた。その力は幸福だけでなく災いももたらす。実の両親にも疎まれる」

「止めてください……違います」

「きみが祈りの絵を描けば、願いが叶う。子を望む母は懐妊し、恋のまじないをすれば愛しい人に会える」

「違います。祈りの絵なんて！　父上が申し上げたことですね？　そんなものはありません。嘘です。陛下、まじないは信じないとおっしゃったじゃないですか」

「まじないは信じない。信じないが、しかし、俺が五百年も生きているのは、刃栄がこの命を与えたからだ」

疑いようもない、と圭鳳は両腕を広げる。

「知りません。私の絵はただの絵です。母の懐妊も偶然で、どうして母にずっと避けられたのか私はわからない……」

「そうだろうな。もう旭氏は願いを叶える一族ではない」

「そうです！　ただ日々を大切に生きていただけです！」

「だがきみは、五百年も前に生きていた皇帝の絵師の命と共鳴している」

圭鳳はすっと人差し指を立てて朱麗のことを指した。

「きみの額にできた痣が証拠だ」

「これはただの虫刺されかなにかで！」

「刃栄は額に白詰草模様の痣があった」

「嘘です」

「嘘ではない。俺がよく知っている。その三つ葉を毎日見ていたのだから」

朱麗は震える手で額を覆う。

「わかりません。私は……母のことも、父が怪我をしたときに命が助かったのも、屋敷の者のなくし物が見つかったのも、腹痛のまじないも……偶然です」

あの頃はただの、子どものお遊びだったのに。

「心当たりはあるのだろう。どうして母に避けられ父親に疎まれたのか」

圭鳳は衣の胸をはだけて、胸の中心にある大きな傷をあらわにする。

「あの日、反乱を起こした者に捕らえられて、俺は胸に槍を受けた。逃げたもののすぐに死ぬはずだった。瀕死の状態の俺に刃栄が願ったのだ」

圭鳳は朱麗の手を取り、自分の胸にあてがう。

「千年の命をお与えください、私の願いを叶えろと」

こんな体など欲しくはなかった。これは願いじゃない。呪いだろう。

病や傷の苦痛にのたうち回ってもすぐに回復し老いずにただ生き続けるなど、呪いでしかない。

どうしてなのか、俺が憎かったのか。

友だと思っていたのに。刃栄は俺に千年を生きろと願い死んでいった。願いどおり俺は生きながらえた。

　圭鳳は絞り出すような声で語る。まるで目の前に刃栄がいるように。

「旭氏を滅ぼさず辺境の地へ追いやったのは、どうしてですか」

「刃栄は言った。一族には稀に不思議な力を持つ者が現れる。その者は額に白詰草の葉の模様が浮かび上がるのだと」

　待っていた。言葉に出さない彼の思いが流れ込んでくる。

　大きな手が朱麗の額を覆う。このまま頭を握りつぶされて死んでしまいたかった。目を閉じていると圭鳳の手は放される。

　私がいまここにいるのは、刃栄、あなたの願いなの？

「やはり恨んでいらっしゃるからなのですね」

　返事をしない圭鳳だったが、一瞬苦しそうな目をした。

「陛下、私が刃栄の生まれ変わりだとするなら、呪いではありません。願いです」

　玉岳で助けたいと願ったのも、毒に倒れたときに祈ったのも、生きて欲しいという気持ちだけだ。呪いの心など墨の一滴もない。

「やっと……見つけたと思ったのだ。お前を」

　圭鳳は再び手を伸ばして朱麗の肩を摑む。

「一緒に生きて、一緒に死ぬはずだったお前は俺だけ残して死んだ。千年生きろと呪いを与えて。どうしてだ？　なぜだ」

「私は刃栄ではありません。陛下」

「お前は刃栄だ。海辺の一族に生まれ、幽閉されながらも祈りの絵を描き、絵を描くことで心を守り、その稀有《けう》の存在故に皇帝に献上された」

初めて聞く先祖である刃栄の過去。なににも記されずに死んでいった彼の輪郭が浮かび上がる。刃栄と過ごし友になり、ひとり残され、五百年生きてきた圭鳳の手によって。

「そして当時の皇帝である父の病を治したいという願いを叶えなかった」

ぞっとして背筋が凍りつく。

「それが刃栄の犯した罪なのですね……詳しい文献が残っておらず。子孫としてお詫びを」

「違う。刃栄の罪は俺をひとりにしたことだ」

肩に置かれた手は首へ移って、徐々に力が加えられていく。

そうなのかな。陛下が言うように私は刃栄の生まれ変わりなのかな。

そうだとしたらいろいろと合点がいく。おかしな力を持って生まれたことも、両親に疎まれたことも。

刃栄は一族に虐げられていたのか。好きに絵を描いていただろうと刃栄を想像し、とんでもないことをしでかした先祖と罵りながらも、彼を羨み憧れてもいたのだと思う。想像していた彼の姿は少し違っていた。

虐げられ皇帝に献上された刃栄という命が、急に近くに感じる。白黒だった輪郭が色づいてゆく。

私と一緒だ。

「俺は再び刃栄が出現するのを待っていた。ずっと、ずっとだ」

「へ、陛下……！」

「ひとりで生きろと俺を呪って先に死んだあの男を。五百年」

「私が描くのは願いです。呪いではありません。刃栄もきっと陛下の幸せを願ったはずです」

「ただ無駄にひとり生き長らえ、年も取らず、お前がいない時間をお前のことばかり考えて生きる。これが呪いじゃなくてなんなのだ」

呪ったはずはない。そんなことはしない。刃栄のことはなにひとつわからないけれど、この人に身も心も救われたなら、きっと幸せを願ったはずなのに。

「そんな風に……思っていたのですか、陛下」

殺されてしまうのだろうか、いまこの人の手で。命を懸けて助けた相手に。

なんのために私はここにいるのだろう。命を授かったのだろう。死を覚悟をしたとき、圭鳳の手が震えているのに気がつく。そっと放されていく指先から怒りが伝わる。怒りを包む悲しみもすべて。朱麗は目を閉じた。

「目を開けろ。俺を見ろ」

薄っすら目を開けると、霞《かす》む視界に圭鳳の顔が揺らいでいる。

「俺の望みの絵を描くといったな。ならば命ずる」

不意に腕を引かれて今度はきつく抱かれる。圭鳳の鼓動が伝わってくる。

「……俺のために、我が命の終わりを願え」

このひとは生きているのにこんなに悲しんでいる。呼吸で膨らむ胸も湿った吐息も腕の温もりも生きている証明なのに、心が死に向かっている。全部が朱麗を抱いている。悲しくて切なくて涙が溢れてしまう。

「どうしてお前が泣く」

「なぜでしょう。わかりません」

刃栄が生きることを願った命は終わりを乞うている。いま涙を流しているのは一体誰なのだろう。

「……わかりました。陛下のために絵を描きます」

自分でも声が震えているのがわかる。皇帝の絵師なのだから主のために働かなくてはならない。

「私は刃栄ではありません。彼のように、陛下にご満足していただけるかわかりません」

「……俺が満足しなかったらどうする」

「殺してください。陛下が五百年ものあいだ待っていた刃栄の生まれ変わりではないのでしょう」

応えると圭鳳は抱擁を解いた。

「殺せだと？　なにを言っている」

圭鳳は笑った。

「殺してください。それが私の運命だと受け入れます」

こちらは真剣なの。笑わないで聞いてほしい。

「陛下のために祈りの絵を描きます。陛下がもう苦しまないように私が守ります。

私には行くところがありません。どんなにやっても陛下の期待に応えられないかもしれません。だから、その時は……」

「死ぬのは許さない」

やっと見つけたのに。振り絞るような声が聞こえてくる。

「殺さない。勝手に命を絶つこともしてはならない」

「陛下……私は！」

「俺の前からいなくなるな」

泣いているような瞳を朱麗へ向けて、圭鳳は去っていった。まだ圭鳳がそばにいるかのように、痛いくらいの抱擁の感覚が残っている。

刃栄。あの人をひとりぼっちにした罪は大きい。聞いているだろうか。大切なひとの嘆きはあなたに届いているのかな。私が圭鳳に出会ったことが運命ならば、どうしたらいいのだろう。教えてほしい。命を懸けて助けた主は、心の在処《ありか》を探して彷徨《さまよ》っているよ。

あなたが私の中にいるのなら、答えてほしい。

皇后と子がいなくなり、次の世継ぎをとの声が多くなる。後宮には何人か妃がいたが、圭樹は妃たちのもとへ渡ることをしなかった。

側近も年老いて一人ずついなくなり、若い侍医も圭樹を追い越すかのように年を取り、白髪頭になっていった。

いま目の前で薬湯を注いでくれているこの侍医は文康《ぶんこう》という。侍医の仕事とはいえ、常に体のことを心配してくれていた。笑ったところがなんとなく刃栄と面差しが似ており、側近よりも打ち解けて話ができる存在であった。あいつが生きて年老いたらこんな感じだったのか。

いつまでも刃栄の影を追っている自分に嫌気がさす。けれどどうしても忘れることができない。

＊　＊　＊

ある日のことだった。

文康が「お顔を隠したらいかがでしょうか」と提案してきた。「どうしてそんなことをする？」と最初は理解ができなかった。

「陛下はどうやら特別なお体をお持ちのご様子です。なにかと嫌な思いもされているかとお見受けいたします」

「勝手に腹を探るようなことをしないほうがよいぞ」

「申し訳ございません……ですが、もう何度もお命を狙われております。致死量を大幅に超える毒も、常人では到底耐えられないようなお怪我でも、陛下はたちどころに、まるで神のように蘇って……その、よくない噂もございますし」

「歯切れが悪いな。羅賀の皇帝はばけものだと言われかねないということだろう？　そうすれば国が乱れる」

否定も肯定もせずに文康は首を垂れる。はっきり言えばいいのに。まったくまどろっこしい。

「後宮では、俺は三人いるといわれているらしいな」

「陛下はじつは死人《しびと》ではないかと相談を受けたこともございます」

「どっちも当たっているような、遠いような」

おかしくてふたりで声を出して笑った。

「何人もいたらいいんだがなぁ。面倒ごとを押しつけてやりたいところだが……俺は生きているしひとりしかいない」

「おっしゃるとおり。この文康が証人でございます。ですから陛下、お考えくださいませ。私ももう先が長くありませんので、陛下のおそばにいるうちにお力になりたく……」

おや、と思い頰杖を解く。

「なんだ、文康。体でも悪いのか？」

「もう年でございますし、己の体を労《いた》わろうと思った矢先、時すでに遅し……ですかね」

文康は微笑んで白髪頭を撫でつけた。

「わかった。ではお前の助言どおり妃をひとり選ぼう」

「承知いたしました。どの妃殿下の元へお渡りなさいますか？」

「まず待て。男児を産んでもらう。来年だ」

「ほ……すでにどなたかご懐妊なのでしょうか？　私は存じないのですが。なんともめでたいことで」

文康は首を捻っている。

「架空の妃に架空の男児を産ませ、架空の皇太子を育てるのだ。俺が」

また「え?」と文康は首を傾けた。

二年後。羅賀城の後宮にいるひとりの妃が男児を産んだ。妃は産後の肥立ちが悪く、皇太子を残し不幸にも命を落とす。皇帝の圭樹は流行《はや》り病を患う。皮膚病を併発し顔に痣ができたため仮面で隠すようになる。長患いののち、圭樹は逝去。遺体の顔は判別できないほど爛《ただ》れていたという。羅賀国の新皇帝が誕生する。長いあいだ姿を見せなかった皇太子は、圭樹によく似た若者に育っていた。

＊　＊　＊

雲雀《ひばり》の囀りと女子たちの笑い声が聞こえる。

朱麗は文机に突っ伏した状態で目が覚めた。眠ってしまったらしい。

「うわ、汚してしまった!」

途中だった絵の上に筆が転がって、あらぬ方向へ黒い線がのたくっている。描いているうちにうとうとして筆を放してしまったのだ。これは描き直しだ。まだ取り掛かったばかりのものだから取り返しがつく。

変な姿勢だったので首も腰も痛い。背伸びをしていると、廊下を走る音が聞こえる。きっと沙那だ。

「朱麗様、朝餉の支度が整いました」

部屋の戸をそっと開けて、沙那が顔を出した。

「またそのまま寝てしまわれたのですね？　きちんと寝台で眠ってくださいと申し上げておりますのに」

「うーん、夢中になっていたからうっかり」

「うっかりって、昨日もその前も！　腕の怪我をされたばかりですし、あまり無理をなさらないでくださいね」

「腕はもう平気よ、かすり傷だったし」

朱麗は腕を揉んだ。

ひと月前、皇后の短剣に傷つけられた腕は本当にかすり傷で、すっかりよくなった。絵も描けないほどの怪我でなくて安心した。

「皇后陛下はいま、重罪人が収容される地下奥深くの特別牢にいるそうです。心臓が弱り、牢獄で臥せっているとのことです」

「うん。聞いた。元々お体の具合がよくないのだって」

もう長くはないとも聞いている。主のいなくなった福寿宮はいまどうなっているのだろう。

国母になることで一族を見返したかった皇后は、願いが叶わず地下牢で命を終えるのか。圭鳳に対して愛があったかはわからないけれど、最初から殺したいほどに憎かったわけじゃないだろう。こんな結末になるなんて、どんよりした気持ちになる。

妻から何度も殺される圭鳳はどんな気持ちだったのだろうか。いままでも何度も危険な目にあっただろう。妻や信じていた家臣から裏切られ嵌められ命を狙われて、それでも死なずに生きている。

「朱麗様。元気を出してくださいませね。茶の時間には甘味をご用意いたしますので」

「ありがとう、沙那。心配してくれて」

「心配しますよ。寝不足もよくありません！　肌が疲れてしまいますし、目の輝きも失われます。美しくない朱麗様は私、嫌ですっ」

「なんだそれ」

「朱麗様は誰よりも強く美しくいていただきたいのです。無理が祟《たた》ればお体を壊します」

はいはい、と手を振ると「返事は一度でお願いします！」と返される。沙那の愛は重いが心地よい。

「わかったってば……体調には注意する。私は絵師だ。疲れていても仕事をしなくちゃなんないんだ」

もう一度背伸びをして、床に広げた絵を眺める。沙那もそばへ来て、絵を覗き込んだ。

「たくさん描かれたのですね」

「うん。いろんな願いを込めたんだ。でもまだ違う感じがするんだよね」

「どなたの注文ですか？」

「陛下だよ」

返事をするとなぜか沙那が頬を赤らめている。

朝餉にするように念押しして、沙那は部屋を出て行った。

朱麗は床のあちこちに広げた絵を数える。どれだけ描いても詰め込んでも、圭鳳に命をかけた刃栄にはきっと敵わない。でもいま圭鳳のそばにいるのは朱麗だ。できることをしたい。本当に生まれ変わりならば使命があるはず。

朱麗は額に手をやった。この印が証拠だというなら。

俺のために、我が命の終わりを願え。

刃栄の願いは続いていく。朱麗は圭鳳のことを思って、願いの絵を描く。命の終わりが穏やかでありますように。願われて生きている命が希望を持ってくれることを祈りたい。

朝餉のあと、また時を忘れて筆を走らせた。夜になっても、沙那に忠告されても、ずっと紙に向かっていた。何枚も何枚も、圭鳳を思って描いた。

刃栄も片時も忘れることなく、主である圭鳳のことを思っていたのだろう。命尽きる間際まで。

その夜、疲れているはずなのに寝付けずにいた朱麗は、後宮庭園を散歩することにした。ついて来ようとした沙那を「ひとりになりたいの」と断って。少し歩いて池の畔までたどり着き、持ってきた提灯を地面に置いて背伸びをする。途端に腹の虫が鳴いた。夕餉をきちんと食べたのに。

芝生に寝転んで腹をさする。こうしていると玉岳の空を思い出す。空はどこでも繋がっているのだから、この景色も皆が見ているだろう。深くて高くて吸い込まれそうな夜空だった。

ぶらぶらと散歩をして気が済んだら戻るつもりだったのだが、ふと思い立って、福寿宮へ向かって歩き出した。静かな夜だった。月もなく星だけが輝いている。

しばらく歩いて福寿宮へ辿り着いた。明かりはついておらず、主のいなくなった建物は闇に沈んでいるようだった。福寿宮だけの敷地でもかなりの広さ。なにに使うのかわからない建物がいくつかと宮女たちの住まいがあって、その向こうに高い塀がある。

そういえば、あの犬たちはどうしたのだろう。こんな真っ暗な場所にまだいるのだろうか。いるとしたらきちんと食事を与えられているのかと心配になる。庭にまわってみようかな。勝手に入ってはいけないと思いながらも、植え込みを跨《また》いで庭のほうへ移動してみる。

「あれ？」

縁側で明かりが揺れている。なんだろう。そのとき犬の鳴き声がした。ということはまだあの犬たちはここにいるのか。気付かれたのかと身構える。あまり吠えられたら朱麗が勝手に福寿宮へ入ってきたことが知られてしまう。木の陰に潜んでいると、犬の鳴き声の他に人の声がした。男の声だ。耳を澄ませていると「大人しくしていたか」と話しかけている。

「遅くなって悪かったね。爺たちに捕まっていてね」

声の主は圭鳳だ。どうしてここに？

「天天、寂しかったか？」

圭鳳の足元にいたのは一匹の真っ白なふさふさした大きな犬。嬉しいのか返事のように吠えた。朱麗は背伸びをして木陰から庭を覗いてみる。皇后の犬がいまは圭鳳の足元にいて、撫でられ気持ちよさそうにしている。

「こら、よせ。そんなに引っ張るなよ」

圭鳳が持っていた犬用の玩具を引っ張って奪い、走り出した。あろうことかこちらへ向かってくる。そして地面を蹴ったと思ったら、朱麗の上に飛び乗ってきた。

「わん！」

「うわぁぁぁ」

悲鳴を上げて朱麗は仰向けに倒れる。尻をしこたま打った。避けられないなんて不覚だ。剣術が得意だった玉岳の朱麗は犬にかみ殺されるのか。天天は昔飼っていた猫の名前と一緒。黒猫でまるまるとしていて可愛かった。なんて走馬灯を見ているうちに絶命するのだ。

「朱麗」

　名を呼ばれて走馬灯は途中で途切れ、代わりに白い犬に乗られながら圭鳳に見下ろされている。

「なにをしている」

「ええと。夜の散歩をしていたら声が聞こえたもので……」

「大丈夫か。ほら、摑まれ」

　朱麗の上から犬をどけて、腕を取って引き起こしてくれる。犬の天天は朱麗が珍しいのか、足元にまとわりついている。

「皇后陛下の犬はたしか五匹いましたよね」

　問うと圭鳳が「そうだ」と頷く。ほかの四匹はどうしたのだろう。庭を見まわしても姿がない。

「四匹は福寿宮の宮女から希望者を募って、家族に引き取ってもらった。ここで飼うことも考えたが、主がいないいま、残しても犬が不幸だ。外に出たほうが自由だろう」

「そうなんですね。でもどうしてこの子だけここに？」

「尻尾の先が黒いだろう」

言われてみれば。尻尾の先が黒い毛で覆われている。初めてここへきた時はすべての犬が真っ白だと思っていたけれど。

「他の四匹は全身真っ白だが天天だけ生まれつき尻尾の先が黒い。だから引き取り先が決まらなかったらしい」

「そうなんですね……」

「俺が部屋に連れて行けばいいんだがな。側近の爺たちが皇后の飼い犬だとよい顔をしなくてな。なにかされては可哀《かわい》そうだ。ここにいたほうが幸せだろうから」

天天は事情を知ってか知らずか、きらきらした目で朱麗を見つめている。飛び乗られた時はとても怖かったけれど、いまは愛らしい。同時に不憫にも思えた。

「お前もつま弾《はじ》きなんだねぇ」

顎の下を撫でると指先を舐《な》められた。

「どうやらきみに懐いているようだな」

「そのようですね」

皇后と一緒の女だからだろうか。

「この子は……あ、女の子ですね」

「五匹とも雌だったはずだ」

「そうなんですか」

「天天はまだ子犬なんだ」

「こんなでっかい子犬いますかっ」

　会話に混ざりたいのか天天は「わんっ」と吠えた。

「そろそろ戻らないと功弥に小言を言われる。だが帰る前に福寿宮の敷地内を散歩をする」

「は、はぁ。そうでございますか。では私は自分の部屋に……」

「朱麗、少し歩かないか」

　犬の散歩に付き合えということか。正直帰りたかったが「はい、お供いたします」と朱麗は提灯を、圭鳳は天天の手綱を引いた。天天はご機嫌に尻尾を振って歩いている。

「実は万両宮に行ったんだ。きみは散歩に出たというから、福寿宮に寄って天天の散歩をしつつきみを探そうと思っていた」

「そうでしたか。沙那を使いに寄こしてくだされば、急いで戻りましたのに」

「俺も外を歩きたかったから」

　そういえば福寿宮でもひとりだったし、辺りを見まわすと誰も伴っていないようない。


だった。圭鳳もひとりになりたい時があるのだろう。暗くて顔色はよくわからないが、体調が悪いようには見えない。怪我をしている様子もないし、いつもと変わらない
「なんだ、じろじろ見るな」

「……すみません。怪我とかご病気とかされていないかなぁって」

「心配してくれるのか。少々体調を崩しても影響はない。たとえ瀕死の重傷を負ったところで死にはしない。五百年前からな」

さらりとそんなことを言うものだから答えに困る。この人は本当にそんなにも長い間を生きているのか。にわかには信じがたいことだった。ただやはり、玉岳へ流れ着いたときの怪我があっという間に癒えたこと、毒が効かないことを思い出すと普通の人間ではない。

「なんなんだ。またじろじろと」

「いや、陛下ってよく見たら美形でいらっしゃるなーと思いまして」

「今更なにを……よく見なくても美形だろうが」

自分で言うことかしら。

「なんだって？」

口に出していないのに聞こえた？　あたふたしていたらじっと見下ろされる。

「な、なにか私の顔についていますか？」

「墨がついている」

「えっ！」

慌てて手で顔を擦る。すると圭鳳が「嘘だ」と片方の口角を上げる。完全にからかわれている。

「なっなんですか！」

朱麗の反応を楽しんでいるのか、圭鳳は白い歯を見せて笑う。その笑顔を見ていたらなんだか笑えてきた。

こうしていると普通の若者なのにな。ずっと年上で、孤独を生きてきて。何度も何度も命を狙われているなんて思えない。

「その様子なら元気そうだ。ここ最近、根を詰めているようだと聞いたからな。あまり無理をするな……と言っても俺が無理をさせているのだな」

「ご心配をおかけして申し訳ございません。大丈夫です」

「そうか。腕とか首とか、痛くはないか？」

「うーん、そう聞かれますと少し腰が痛いかもしれませ……」

「なに！　腰だと？」

不意に肩を摑まれたのでびっくりする。

「へ、陛下？」

「あ……すまない。どこか痛いところがあるなら侍医に診せるから申せ」

「大丈夫です。腰が痛いのはずっと座っていたからで。どうしたのですか？　陛下。なんだか様子がおかしいですよ？」

そう突っ込むと、もにょもにょと消え入りそうな声でなにか言ったが聞き取れない。

「え？　申し訳ございません、もう一度」

「先日は！　乱暴にしてすまなかった！」

「は、はい？」

国の皇帝が首を垂れている。誰かに見られたら大変なことだ。「陛下、お顔を上げてくださいませ！」と朱麗は慌てた。

「つい……額の白詰草文様を見ていたら刃栄と話している気になってしまって」

圭鳳は叱られてしょげている子どものように肩を落としている。

「心配してくださったのですか。大丈夫ですよ。陛下はお優しいですね」

「体が痛くはないか、本当に大丈夫か」

「はい。丈夫なことが取り柄です」

「ならいいが。あとで甘味でも届けさせよう」

「ありがとうございます。身に余る光栄です」

礼をすると「よかった」とほっとしている様子だった。本来は心根の優しい人なのだ。悪人でないのはわかっている。

会話が途切れて、夜の静けさが戻ってくる。ふたりの足音と天天の息遣いが夜空に消えていくようだ。福寿宮を囲む塀に沿って設けられた植込みに天天が興味を示し立ち止まったので、ふたりも同じく足を止める。

「陛下、天天のお散歩を代わりましょう」

圭鳳から手綱を受け取り、提灯を渡す。すると突然天天が走り出した。手綱が引っ張られるので天天に舵を取られることになった。

「天天、どうしたの。待ちなさい」

振り向くと、圭鳳が提灯を揺らしながらのんびり歩いている。好きにさせていいと取ったので、そのまま天天についていくことにした。

塀を辿っていくと別の塀にぶつかる。後宮の案内図を覚えたのでわかるが、皇后の住まいである福寿宮は皇帝の住まいに一番近いからこの塀の向こうは羅賀城である。しかし、皇帝が後宮へ渡るには別な場所に門がある。

「わん！　わんわん！」

天天が急に吠え出したと思ったら、地面を掘り始めた。

「どうしたの、うんこ？」

「わん！」

「そっか。陛下、天天うんこですって……て、え、違うのか？　どこ行くの」

朱麗を引っ張って天天は再び駆け出した。

「天天、そっちは行き止まりだよ」

案内図でもそのはず。ところが塀が互い違いになっている箇所があり、間を人が通れるようになっている。どういうこと？　ここはもう通ることができないはずなのに。

「待って、そっち行っちゃだめだって。私が怒られる！」

「いい。一緒に行こう」

追ってきた圭鳳がそう言った。天天は興奮しているのかきゅうきゅうと鼻を鳴らし圭鳳を見あげている。

「縁なのだろうな。天天は昔後宮に住んでいたのかもしれない」

「どういうことですか？」

彼が「来なさい」と言うので恐る恐るついていく。すると塀と塀のあいだの通路の先に鉄の扉が現れた。重要な場所のようで南京錠がかけられていた。

「陛下、案内図にこんなところ載っておりませんよね」

聞いても返事がない。圭鳳はなにやら錠をいじって外す。すると頭の奥に響くような重い音を立てて扉が開いた。

外された南京錠を見てみると、回転式の文字盤がついており、数字の組み合わせで解錠するものだとわかった。

中へ入ると夜の闇より尚暗くて、広さも、なにがあるのかさえもよく見えない。体の重みをかけると床板がぎいと鳴る。耳を澄ませて静かに深呼吸をすると微かに香の匂いがして、一緒に覚えのある匂いがする。これは墨の匂いだ。

あんなに元気よく吠えていた天天が大人しくなっていた。まるでここまで朱麗を案内してきたかのように。圭鳳は提灯を床に置いて備え付けの燭台に火を灯した。あたりが明るくなる。

そこは部屋だった。朱麗がいま住む万両宮の寝室と同じくらいの広さがあった。

大きな文机、作り付けの本棚、衣装掛け。埃《ほこり》を被《かぶ》った茶器。誰かがここで生活をしていたのがわかる。その誰かの名前が自然と浮かぶくらい、残り香のようなものが漂う。絵筆、筆入れ、硯に文鎮など。絵を描く道具たち。

「もしかして、ここは……」

「刃栄の部屋だ」

やはりそうか。つい額の白詰草の葉の模様に指を当ててしまう。

「いつぶりだろう。ここにきたのは……十年、二十年。いやもっとだな」

「部屋を残していらっしゃったのですか」

想像が追い付かなかった。それになぜか心が騒いで仕方がない。

「当時の皇帝、俺の父上が刃栄の最初の主。後宮の妃たちに贈る絵も描かせていたから、こんな場所に部屋があった。まぁ俺も遊びに行きやすかったからしょっちゅう出入りしていた」

「絵は残っていないのですか？」

「ない。どこへやったのかわからない」

圭鳳は筆を取ってじっと見つめている。よく使いこんだ証拠に筆の柄の部分に指の跡がついていたのだ。

「俺は絵が描けないし審美眼もあるとはいえない。だが刃栄の絵は美しく、ときに恐怖すら感じるものだった」

　圭鳳が遠くを見ている。朱麗は感じたことのない気持ちを覚えた。刃栄の絵を見たことがないからどういう美しさなのかわからない。朱麗には主を心酔させるようなものは生み出せない。

　これは嫉妬だ。

「陛下、刃栄のことを聞いてもよろしいでしょうか？」

　返事の代わりに圭鳳はこちらを向いた。

「彼の、刃栄はどんな最期だったのですか？」

「知らない。俺はあいつを看取れなかった」

「そう……だったのですね。処刑されたとしか伝わっていないので」

「知ってどうする？」

「縁のある人です。私に生まれ変わりの自覚はありませんが、陛下のためにも自分のためにも知っておきたいので」

「刃栄は不思議な力のせいで不幸な生い立ちだったが、物腰の柔らかい、気持ちの優しいやつだった。父に召し抱えられた刃栄と、俺は兄弟のようにして過ごした」

斗森と別れたときに語っていた友人とは刃栄のことだったのか。圭鳳の表情はあまり変わらない。瞳の奥に数百年の時を宿している。

「刃栄も額に白詰草の葉の模様があった。きみと同じ力を持っていた。力が強かったが故に虐げられる幼少期を送っていたが……」

圭鳳は朱麗の額に触れた。

「額の模様、戯れに三つ葉に一枚足してやったんだ。四つ葉は幸運をもたらすだろう？　だから、人の願いを叶えてばかりいた刃栄にも幸運が来るように、皇帝の特別なのだと」

「皇帝陛下の特別……ですか」

「そうだ。それなのに、あいつは俺をひとりにして死んだ」

「どうして死んだのですか？」

圭鳳は持っていた筆を置き、ため息をついた。

「歴史の真実は歪められて伝わる。俺が皇帝になったときはまだ若く未熟だった。玉座を狙う者たちの格好の餌食になっていた。その中に先帝の側近を務めていた男がいた。男は母の愛人だった」

その男が元凶。圭鳳と刃栄の静かな日々を壊した。

語られる過去は五百年前の出来事。まるで昨日のことのように圭鳳は話す。

「刃栄は俺を森に隠したあと、傷だらけの体で城に戻ったらしい。城での掘削工事中に見つかった爆薬の上で火をつけ爆発を誘発したのだろうな。環大を道連れにしたようだとしか聞いていない。木端微塵になって骨も残っていない」

言葉を切った圭鳳は「あいつはいつも馬鹿なことを考える」と呟いた。

「刃栄のことをこんな風に話すのは初めてだ。誰も聞いてはこなかった」

がりがりと音が聞こえたのでそちらを振り向くと、天天が壁板を引っ掻いている。

「こらこら、なにしてる。いたずらはいけないよ」

子犬といえども大きな前足で引っ掻くものだから、板が一枚剝がれかかっている。

「あーもう、だめだろう。天天……あれ？」

天天を抱いて避《よ》けてみると、板の隙間になにかが見える。低い視線になって覗いてみないとわからないので四つん這いになる。見えたのは紐で縛ってある長方形の箱だ。

「どうした？　なにか壊したのか」

「陛下、天天が引っ掻いた壁の中になにかがあるようなのです。出してみても？」

圭鳳の許可を得て壁板に指をかける。経年劣化もあり簡単に外すことができた。

どう考えても隠しているようにしか思えない。圭鳳が隣に胡坐をかいて座った。取り出した長方形の箱は三つ。埃にまみれているが壊れてはいないようだ。中身はどうだろう。

「これらに見覚えはございますか?」

「ない。饅頭《まんじゅう》でも隠していたんじゃないか」

「私ならすぐ食べてしまいます」

紐を解いて箱を開けてみると丸めた紙が入っていた。他のふたつも同じ。ひとつめの箱から丁寧に取り出すと、何枚か重なっている。破らないよう注意深くゆっくりと紙を開いてみる。朱麗は息を呑んだ。

絵だった。おそらくは刃栄が描いたもの。桜、梅、福寿草、万両の木。きっと当時の後宮の庭を描いた風景画だ。素描のようなものは生け花などの静物画だった。

「なんて素晴らしい絵」

どれも見事なもので朱麗はうっとりと目を奪われた。

ふたつめ、みっつめの箱にも絵が入っていた。ひとつめの箱に入っていた風景画と同じものではあったが、違う箇所がひとつある。遠目の構図で少年が描いてあるのだ。少年の絵は全部で三枚ある。

「妃に頼まれて誰か皇子を描いたんじゃないのか」

少年は空に手を伸ばしており、その手のひらには蝶が集まっている。まわりには薔薇、百合《ゆり》、牡丹などの縁起物の花々が咲き誇る。少年の足元には池、中には金魚が泳ぐ。

二枚目は俯瞰《ふかん》の構図で、少年は蓮《はす》の花に囲まれている。

三枚目の少年は後ろ姿。鳳凰《ほうおう》がまわりを飛んでいる。

「これは風景画じゃなくて……祈りの絵です」

「どうしてわかる」

「御多幸の金魚、蝶や薔薇は愛情、蓮の花は君子の花です。百合は長寿、牡丹は不老長寿です。見ているだけで幸せな気持ちになります。描かれた少年は誰よりも刃𣳾が愛する人です」

指先に蝶を止まらせた少年の絵と蓮の花の絵を左右の手に持って、ゆっくりと見比べる圭鳳。

「この少年、陛下ですよね」

どれも後ろ姿や横顔で、顔がはっきりとは描かれていない。だが纏っている衣は金色の龍の模様が刺繍されているのだ。

「髪飾りも翡翠。翡翠は羅賀国の皇帝しか身に着けられません。刃栄が陛下の幸せを願い、祈りを込めて描いたんですね」

絵をじっと見つめたまま圭鳳は黙っていた。その目に光るものがある。朱麗は立ち上がり圭鳳のそばを離れた。

「陛下にとって、刃栄はどんな存在でしたか?」

「難しいことを聞くんだな」

「一緒に生きて、一緒に死ぬはずだったと申されました」

「少なくとも俺はそう思っていた」

「私の中に刃栄の記憶があるわけではありません。想像することしかできません。刃栄は陛下を呪ったわけではないことをわかっていただきたいのです」

この絵が証明してくれる。圭鳳だって理解をしているはずなんだ。

「刃栄は……昔の私は、殿下のよき友として生きられましたか?」

「別人だ。きみは刃栄に似ていない」

「そうですね。私は刃栄ではありません。でも、彼の残したものから心を読み解いて陛下に伝えることはできます」

気づけば圭鳳は絵を抱き締めるようにして俯《うつむ》いている。泣いているのか、それとも笑っているのだろうか。

刃栄に届くかな。もしあなたの力を私が受け継いでいるのなら、聞こえるだろうか。あなたが大切にし、すべてをかけて命を助けた人は、ここにいるよ。気持ちを伝えたよ。

それにしても素晴らしい絵だ。もう一度よく見ようと圭鳳の膝元に置かれた刃栄の絵を取り上げる。これは皇帝の絵師として大切に保管しなくては。

「……えっ、嘘！　どうして！」

「なんだ。大きな声をだして」

「少年がいない！」

思わず圭鳳が持っていた絵を奪って見ると、空に手を伸ばす少年が消えている。三枚の絵を床に広げて見ると、三枚とも少年の部分だけがすっかりなくなっている。

「おい。少年だけじゃない」

「ああ……」

少年だけでなく描かれたもの全部が、弱く発光しながら紙から抜け出るようにして、ゆっくりと消えていくのだ。水に墨が溶けていくようにゆるゆると、真っ新な紙に戻っていく。

「こ、こんなことってあるのか」

さすがの圭鳳も声を震わせる。せっかく見つけた刃栄の絵だったのになにも残らないなんて。

「どうして消えちゃったんでしょうか……悔しいなぁ、素晴らしいものだったのに！」

「皇帝の絵師が後世に作品を残さないなんて、刃栄らしいといえばそうかもしれない」

圭鳳は抜け殻になった紙をぐしゃっと握り潰して「まったく」と弱々しく笑う。

「骸も残さない男だったからな」

なにも描かれていないただの古紙となったものを見つめて、圭鳳は目を閉じていた。

朱麗は声をかけられなかった。部屋の空気が、圭鳳が、壊れてしまいそうだったから。

今朝は冷え込んだ。廊下が凍り付いているようだ。

圭鳳は万両宮へと足を運んだ。早朝、まだ誰も起きていないのではないか。部屋まで続く縁側を歩いて、庭を眺める。冬でも落ちない赤い実が生っている。雀が木の実を突《つつ》く音が聞こえる。

そっと戸を開けると、部屋の主は床に大の字になり口を開けて寝ていた。あられもない姿である。こんな女子は見たことがない。

「起きろ、朱麗。風邪をひく」

肩を揺すると「ほえ」とぼんやり目を開けた。二、三度瞬《まばた》きをして圭鳳を認めると、がばりと起き上がる。

「陛下!」

「冷え込みが厳しいぞ。床で寝ていては体を壊す」

すみません、と艶やかな長い髪を撫でつけている。彼女のまわりには色とりどりの絵が散らばっている。

「描けたのか? 絵は」

「いいえ。できません」

きっぱり言った朱麗は、衣にかけていた襷を取って背伸びをした。

「言っただろう。俺の死を願えと」

「ええ。まだまだ完成しません。陛下のお望みの絵は」

床に広げた何枚もの絵を拾って抱え、朱麗は縁側に出た。こちらへ、と誘うので後を追う。

「これは鳳凰。圭鳳様のお名前でもあります。それと、これは獅子、亀。どれも陛下のことを心から称《たた》えます」

なにを言っているのだろうか。疑問に思いながらも黙って絵の説明を聞くことにする。途中で遮ったら怒られそうだったからだ。

刃栄ともこんなことがあったことを思い出した。

圭樹様。これは病魔退散、これは夫婦円満です。それとこれは……。

「こちらは草木を描きました。百合は高貴、南天は難を転ずる……」

色鮮やかな絵は心を解きほぐしていくようだった。いつまでも見ていたい気持ちにさせる。

圭鳳はいつの間にか説明に聞き入り、時折質問をし、朱麗と笑いあう。

「なんだこれは、髑髏か」

「そうです。髑髏は再生を意味するのです。いつかまた出会えますように。きっとそう願ったのだと思うので」

「誰が？」

朱麗は問いに答えずに、ちょっと涙を堪える仕草をした。

「私、刃栄には負けませんので」

朱麗は持っていた最後の一枚を「いまはここまで描きました」と床に置いた。紙には朱色と黄色、青空の色が乗っている。

「これは？」

「日の出。太陽です」

青空を指差して、朱麗は笑った。

「陛下は太陽です。私の、そして皆の太陽です。命と心を救ってもらったので」

「……そうか」

「はい。双子の妃殿下もそうおっしゃっていました」

ただただ無駄に生きているだけのこの体を、終わらせてほしかった。殺させようと思っていた。もし再会することができたら、この命を終わらせたかった。

「俺はともに生きる者を探していたのだな」

二度と会えない友との追憶に心が震えて仕方がない。俺は死を望んでいたのではないのか。

「この朱麗でよろしければ、陛下とともに生きます」

真っ直ぐにこちらを見て、朱麗はそう言った。爽やかな眼差しだが顔に墨がついている。取ってやろうとしたが伸びて余計に汚れただけだった。可愛らしくて思わず吹き出すと、朱麗もにっこりと笑う。

あいつも同じように笑っていた。

私は幸せです。陛下とご一緒できて楽しいです。これからもずっとこんな風に暮らすことができれば、私は私を生きられます。

陛下のおかげです。我が主、私の大切な友。

胸の奥に刃栄の言葉が蘇る。

刃栄。これもお前の願いだったのだろうか。

「そうだな。誰かと楽しく穏やかな時間を過ごせるのなら、長すぎる命も悪くはない」

「年老いてもおそばで絵を描きます。お望みの絵を。陛下の死を願うには、私の命は短いかもしれませんけれど」

「だろうな」

「陛下に捨てられないように精進しますね」

「捨てん。言っただろう、ひとりにはしないと。俺はそう簡単には死なないからな……どれだけ長い命を生きてきたと思っている」

「そうでしたねぇ」

朱麗は持っていた筆で空に絵を描く仕草をした。その横顔は心から楽しそうだった。

「二度目の命で再会したのなら、三度目もきっと陛下と出会うと思います。だから陛下は太陽です。いつもそこにあるのです」

朱麗の持つ筆に指の跡がついている。墨で汚れた顔と指先は勲章のよう。額の白詰草の葉の模様は再会の証《あかし》だ。

「そうか。俺はひとりじゃなかったのだな」

そうですよ、と笑う彼女は誰よりも美しくて、なによりも愛おしかった。きっと先に死ぬだろう。長くは一緒にいられない。

「俺はきみの命をずっと待つことにしよう」

圭鳳は朱麗の筆を取り、赤の絵具を掬う。そして彼女の額にある白詰草の三つ葉模様に一枚足した。

「これで朱麗、きみは俺の特別だ」

朱麗は目に涙を溜めながら微笑んだ。

「あなた様を目指して、私はまた生まれます」

私のすべてをかけて、わが主に千年の命を。

昔の友の声が青空に響く。

本書は書き下ろしです。

本作品はフィクションです。実在の個人、団体とは一切関係ありません。（編集部）

実業之日本社文庫　好評既刊

蒼山 螢
後宮の宝石案内人
輝峰国《きほうこく》の皇子・皓月《こうげつ》が父の後宮で出会ったのは、下働きの風変わりな少女・晶華《しょうか》。彼女の宝石への知識と愛は常軌を逸していて……。痛快中華風ファンタジー！
あ26 1

蒼山 螢
後宮の炎王
幼い頃の記憶がない青年・翔啓《しょうけい》は、後宮で女装し皇后に仕える嵐静《らんせい》と出会い、過去の陰謀を知ることに…!? 血湧き肉躍る、珠玉の中華後宮ファンタジー開幕！
あ26 2

蒼山 螢
後宮の炎王　弐
一族が統治する流彩谷に戻った翔啓は、記憶から失われた過去を探り始める。一方、嵐静には皇帝暗殺の嫌疑が!? 波瀾の中華後宮ファンタジー続編、佳境へ！
あ26 3

蒼山 螢
後宮の炎王　参
国を揺るがす事件が二人を引き離す。瀕死の傷を負った嵐静は、翔啓に助けられるが…。中華後宮ファンタジー第3弾。友情を超えた愛、ついに最高の結末へ！
あ26 4

貴嶋 啓
後宮の屍姫《しかばねひめ》
謀反の疑いで父が殺され、自らも処刑された不運の姫君。怒れる魂は、幼い少女の遺体に乗り移って蘇り、悪の黒幕を捜すが…。謎解き中華後宮ファンタジー！
き7 1

遠藤 遼
千年を超えて君を待つ
『源氏物語』を愛する女子大生・弥生の「推し」は、紫式部。ある日目覚めると弥生はなぜか平安時代へ!! 憧れの「推し」の親友として、ある大役を担う事に!?
え3 1

実業之日本社文庫　最新刊

蒼山 螢
永遠を生きる皇帝の専属絵師になりました
あなたに千年の命を——大切な人への願いは不死の呪いに。不老長寿の皇帝と出会った絵師・転生姫は、過去の因縁を断ち切れる!?　溺愛の後宮ファンタジー!!
あ265

井川香四郎
夜叉神《やしゃじん》の呪い　浮世絵おたふく三姉妹
江戸市中に夜毎出没し、人の生き血を吸うと噂される赤髪の夜叉神。人気水茶屋「おたふく」の看板娘は、その正体解明に挑むが……。人気シリーズ最新作!
い1011

泉ゆたか
うたたね湯呑　眠り医者ぐっすり庵
藍が営む茶屋の千寿園は赤字寸前。次の一手で思いついた土産物は茶の器だが…。一方、兄の松次郎が身を隠すぐっすり庵の周辺には怪しげな人物が現れて——。
い175

いぬじゅん
終着駅で待つ君へ
そこは奇跡が起きる駅——改札を出ると、もう二度と会えないはずの「大切な人」が待っていて…。絶対号泣!!　心揺さぶるヒューマンファンタジーの最高傑作。
い185

知念実希人
天久翼の読心カルテ　神酒クリニックで乾杯を
違法賭博。誘拐。殺人。天久鷹央の兄、翼を含めた6人の天才医師チームが、VIP専用クリニックを舞台に難事件を解決するハードボイルド医療ミステリ!
ち1301

実業之日本社文庫　最新刊

西村京太郎
十津川警部　西武新宿線の死角　新装版
西武新宿線高田馬場駅のホームで若い女性が刺殺。前年の北陸本線の特急サンダーバード脱線転覆事故との交点を十津川と西本刑事が迫る！（解説・山前 譲）
に132

火坂雅志
上杉かぶき衆　新装版
天下御免のかぶき者・前田慶次郎や大国実頼、水原親憲など、直江兼続の下で上杉景勝を盛り立てた「もののふ」を描いた「天地人」外伝。（解説・末國善己）
ひ32

真梨幸子
4月1日のマイホーム
新築の我が家は事故物件⁉　エイプリルフールに引っ越した分譲住宅で死体発見、トラブル続出。土地の因縁かそれとも……中毒性ナンバーワンミステリー！
ま22

南 英男
刑事図鑑　逮捕状
政治家の悪事を告発していた人気ニュースキャスターが自宅の浴室で殺された。何者かの脅迫を受けていたらしいが……警視庁捜査一課・加門昌也の執念捜査！
み739

実業之日本社文庫 あ 26 5

永遠《えいえん》を生《い》きる皇帝《こうてい》の専属絵師《せんぞくえし》になりました

2025年2月15日　初版第1刷発行

著　者　蒼山《あおやま》 螢《けい》

発行者　岩野裕一
発行所　株式会社実業之日本社
〒107-0062　東京都港区南青山 6-6-22 emergence 2
電話 [編集]03(6809)0473 [販売]03(6809)0495
ホームページ　https://www.j-n.co.jp/
ＤＴＰ　ラッシュ
印刷所　中央精版印刷株式会社
製本所　中央精版印刷株式会社

フォーマットデザイン　鈴木正道（Suzuki Design）

ISBN978-4-408-55928-5（第二文芸）